生死96小时

中国女记者利比亚突围记

冯韵娴 ———— 著

浙江大学出版社

利比亚小朋友和我

孩子眼中的希望是什么形状？

利比亚街头混在人群中的民兵

卡扎菲雇用的女兵

支持卡扎菲的年轻人

孩子们高呼卡扎菲的名字

被炸毁的房屋

每一天都得面对难以接受的离别

卡扎菲政府发言人穆萨·易卜拉欣的最后一次发言

围困中，系白巾、穿防弹衣、戴头盔，能做的我们都做了

墙上的 A4 纸上写着：记者！记者！记者！请不要开枪！记者！记者！记者！

险境中，摄像师们依然不忘自己的职责

　　记者们不敢长时间待在有窗户的房间里，又要趁来电的时候给设备充电，只能在一楼走廊候着，偶尔冲进去看一眼

睡觉也不敢脱下头盔和防弹衣

绝望的情绪开始蔓延

子弹打穿了酒店的玻璃，危险
已经到了眼前

摄像师接过年长的酒店保安手中的枪，立刻卸下了里面的子弹

子弹！子弹！

得救

终于重获自由

逃离雷克索斯酒店前一刻（左起史可为、邓亮棠、我、蒋晓峰、阿 Dee）

得救后的阿 Dee 和我在中国驻利比亚大使馆

　　CCTV（中国中央电视台）中东中心站站长等在突尼斯口岸接我们回家（左起阿Joe、何润锋、我、史可为、蔡淑芬、王铁刚）

历史事件时间表

2011年2月27日,卡扎菲反对派在班加西成立"利比亚全国过渡委员会",领导与政府军的内战。

2011年5月30日,利比亚全国过渡委员会对外宣称,自封"利比亚国民解放军"。

2011年8月20日,卡扎菲反对派占领的黎波里。

2011年10月20日,卡扎菲身亡。

2011年10月23日,利比亚全国过渡委员会宣布利比亚"全境解放"。

2011年11月22日,利比亚过渡政府成立。

2012年8月8日,利比亚全国过渡委员会正式将全部权力移交给利比亚国民议会。利比亚过渡政府会在利比亚国民议会的领导下工作,直至新政府成立。同时,利比亚全国过渡委员会宣布解散。

2012年9月11日,美国驻利比亚大使克里斯托弗·史蒂文森在美国驻班加西领事馆遇袭身亡。

自　序

从哪儿说起呢？

此刻的我正蜷缩在舒服的沙发里，一手捧着热腾腾的茶，一手敲打着键盘，日子宁静安详。过上这样毫无波澜的日子，在接下来我要讲述的故事里，曾是每一个人心底最迫切的渴望。想到这里，我感到脸上热辣辣的，因为我又想起了那些故人。我不确定他们如今是否也和我一样，过上了这样宁静安详的日子。

在利比亚的经历就像是被偶然间打开的魔盒带着穿越到了另一个世界，在那个世界里，我几乎送了自己的命。但时至今日，我并没有后悔当初做了这样的决定，因为我看到了我这辈子很难再看到的一些人，我收获了今生再也不可能结下的战友之情。他们把自己献给了理想，甚至不惜为此献出生命。他们中的许多人都无法和那段历史告别，也不能像我一样，在经历了一切之后，还能默默将经历隐藏起来，接受另外一种幸福。

然而这段经历又突然被合上，所有的牵挂与我无关，再也没有延续、没有答案,我感觉自己像是被切断脐带的婴儿——我的一部分突然在现实中死去,却在我心里留下了一口不断沸腾翻滚的高压锅,哪怕在北京慵懒多年,那些被强压着的情感依旧会忽然蹿出来,将平静的生活灼成一片灰烬。

我决定把那段记忆写下来,因为后知后觉的我,到现在才发现自己的生命早已被这段经历完全改变了。而那些记忆中的人,也必须被一笔一画地记录,只有这样,我和他们的缘分才能得到一个交代。

眼下有用的书很多,这本书讲的却是七八年前的一件小事,实在叫人犹豫要不要阅读,但一个中国姑娘亲眼见证了"阿拉伯之春",对当下的这个世界总会有点不一样的体悟,而且经过了七八年的沉淀,那些絮絮叨叨不重要的部分早就被记忆过滤掉了。

谢谢从未谋面的网友,谢谢我可爱的亲朋好友,谢谢战友们提供了珍贵的影像资料,没有你们的陪伴和鼓励,这本小书无法顺利诞生。

最后,谢谢你来,希望我的战地故事能对得起这次相遇。

目　录

意外之外

"妈,我要去新疆出差一段时间啊!"我费力地将一大包脏衣服从行李箱里搬了出来,扯着嗓子向正在厨房里洗碗的老妈喊。

"啊?你港撒(方言,讲啥)?去新疆?哪能刚回来又要走了?"老妈关上了水龙头。

"要起多少辰光(方言,要去多少时间)啊?"

"最近事儿多呀,两个礼拜吧,各边(方言,那边)信号伐好(方言,不好),可能打不了电话啊。"

我翻箱倒柜,揪出了大学时候阿拉伯姑娘送我的头巾和袍子,偷偷塞进了行李箱里。这么占地儿的衣服能留到现在,完全是因为它们有纪念价值,当年的我怎么也想不到它们有一天还真能派上用场。

"撒辰光(方言,啥时间)走啊?早点回来啊。"老妈从厨房探出了脑袋。

"明天早晨。"我一回头正巧望见老妈睁大眼睛看着我,手上的白沫沫还在往下滴。

"晓得啦!"我满脸堆笑。

"工作伐要(方言,不要)太拼命!"

"哎呀,晓得啦! 这包衣服帮我洗一下吧! 嘿嘿!"

我心虚地抬高了声音,连忙低头,将自己从老妈吸铁石般的目光中抽走,装模作样地继续收拾行李。

2011 年 6 月,我和台里的小伙伴们刚从西藏拍完纪录片回到北京,和藏族大叔吃烧烤、喝啤酒时熏出一股味儿的衣服还没被老妈发现,就接到了要去利比亚支援的消息。那年 CCTV(中国中央电视台)开始大规模向海外铺设报道点,中东地区的人员还没有完全到位就撞上了"阿拉伯之春"。赶巧的是,当时在利比亚报道的记者又没有一个会阿拉伯语的,我便成了第一个——后来也是最后一个从 CCTV 阿拉伯语频道临时调派过去的记者。从接到通知到动身前往机场不过两天时间,我来不及(也不敢)跟家里多说什么。

我家母亲大人是一个感情愚钝型选手,但是她的危险雷达却相当敏锐。她会在看见行人被夹在电梯里的新闻之后,每次坐电梯都要重复一遍这个故事来警告我。所以去利比亚这种事是断然不能被她的小雷达探测到的。要知道那时候在利比亚的 3 万多名华侨刚刚撤出来,电视里天天都在播获救华侨讲述逃亡经历的片段。不过好在她感情线条比较粗放,被忽悠了大抵也不记仇,所以胆大包天(机智)的我就这样闭着眼睛蒙混过去了。

因为联合国 2011 年 3 月通过了在利比亚设立禁飞区的决定,所以从北京到利比亚首都的黎波里的路线变得异常曲折。我得先从北京飞十个小时到土耳其的伊斯坦布尔,然后从伊斯坦布尔飞三个小时到突尼斯首都突尼斯城,再从突尼斯城坐不知道几个小时的飞机到突尼斯南部的吉尔巴岛,在吉尔巴岛通过突尼斯与利比亚之间唯一的陆路口岸利突口岸进到利比亚境内,最后再在边境等当时卡扎菲政府的新闻官开车来接我去记者入住的雷克索斯酒店。

那年我 25 岁,大学毕业没到两年,从来没有出过这样的远门。迈出家门的时候,我右手拉着一个 20 多千克重的行李箱,左肩挂着一套十几千克重的摄像机和三脚架,后头背的书包里还装着一台 CCTV 阿拉伯语频道总监李仲扬老师当年在约翰内斯堡驻站时期用的老款编辑机。一堆家伙什儿加起来比我这个人还重。趁老妈不在家,我哼哧哼哧地驮着我的"战斗武器",麻溜儿地奔向了机场,从老妈眼皮子底下溜向了半个地球开外的战场。

虽然一开始我自认为这件事儿办得还挺英勇,心里美滋滋的,但是去机场的路上,心里就开始有点犯嘀咕了。身上揣着的一沓美金横竖也不知道该放哪儿,隔两分钟就想把手伸进书包去摸一摸,确定一下装钱的信封是否还在。我是个吃肯德基都会把手机当垃圾丢掉的人,万一丢了经费,战地又没有取款机,岂不是要喝西北风?!天哪,这点小事都搞不定,还要去战区?我闭上眼使劲摇摇头,暗暗给自己打气:嗯,船到桥头自然直,不直也给它撞直了。

就这样,两眼一抹黑,我拿着一张从北京飞突尼斯的单程机票,独自一人坐上了飞机。临走前我和在利比亚的同事史可为通了个电话,又被嘱托要在利突边境帮凤凰卫视的同行捎一套摄像设备。应下来的时候,我竟完全没想起来:自己好像已经驮了一车比我自己还要重的行李。

好在这"万里长征"让我根本没有精力去想更远的事情,五程的路线只搞定了前两程,接下来怎么去利突边境都不知道,脑袋里一团乱毛线,哪还有空想别的?到了突尼斯再说吧。我默默安慰自己,并果断给脑袋按下了关机键,在飞机上沉沉地睡去了。

突尼斯 6 月份的天气已经非常炎热,出机场的时候,一股热浪向我迎面扑来。虽然 2007 年曾在这里留过学,但是四年之后再次来到这里,除了湛蓝的天空和绿得发亮的棕榈树,这个国家早已物是人非了。

至少,前总统扎因·阿比丁·本·阿里的巨幅画像已经没有了。

来不及和这座城市叙旧,我用力地推着装满行李、嘎吱作响的手推车,在标示"国内航班"的售票窗口寻找吉尔巴岛的名字。

突尼斯很小,国土面积和中国的河南省、江西省差不多,大多数的地方不需要飞机这样的交通工具,所以突尼斯机场的航站楼跟中国一个县级火车站的规模差不多,售票处和候机厅挤在一个地方,小、混乱且拥挤。抵达突尼斯的时候已经将近中午时分。

"今天从突尼斯飞吉尔巴岛的航班还有吗?"我低下头努力想让声音穿过售票窗口。

"只有下午一个航班,现在没座位了。"售票员阿姨头也不抬,机械地回答道。

突尼斯机场的出发口

老天爷,这简直是个噩耗。临走前可为曾在电话里反复嘱托,如果我不在当天抵达利突口岸的话,下一次媒体局来接记者就得一周以后,我就得自己想办法去的黎波里了。想到这儿,又低头望见面前堆成山的行李,我全身就像遭了电击后一样变得软塌塌的,一时间竟不知道该如何是好。

我缓慢地转身准备离开售票窗口,猛地一抬头环顾四周,巧合地,几乎所有人都在看着我,我吓得赶紧低头收回了目光。也是,自 2011 年 1 月突尼斯前总统本·阿里倒台逃亡沙特阿拉伯后,"阿拉伯之春"就席卷了整个中东。时至今日,包括突尼斯在内的北非国家已经鲜有外国人入境了,一个亚洲面孔的姑娘突然出现在机场航站楼里,怎么会不引人注目?

都到这儿了,还是得想想办法才好,我深吸了一口气,整理了一下情绪,暗暗给自己打气。抱着死马当活马医的心态,我鼓起勇气去找了机场负责人。办公室正巧没关门,我轻轻地叩了两下,清了清嗓子,故意用突尼斯土语礼貌地打了个招呼:"对不起,打扰了。"心里暗暗感叹,四年前在这里学的一点三脚猫功夫居然此刻还能派上用场。

一个戴着眼镜的中年人抬起头来看了我一眼,眼光落在我身上的那一瞬,本就挺大的眼睛明显又睁大了一圈,两道粗粗的眉毛顺势扬了起来。眼镜大叔的两鬓已经有些泛白,圆圆的脸庞,鼻子和嘴也很配合地圆着,这让他显得很敦厚。大叔发了福的身躯完全挡住了椅子靠背,他歪了歪头,柔声问道:"怎么了姑娘,有什么事吗?"

"不好意思打扰了,我是一名中国记者,想去吉尔巴岛,但是没有机票了,想寻求您的帮助。"生怕他听不见,躲在门口的我抬高了声音。大叔示意站在他身旁的人稍等一会儿:"是今天吗?一般这个时候很难买到当天的票了。机场旁边有酒店,你可以明天再去。"

"不行啊,我要去的黎波里,只有今天能有人去利突口岸接我。您看我拿了那么多东西,行动实在不方便,请您帮我想想办法。"我费力地把行李车往门口拉了拉,好让眼镜大叔看见那一大堆已成了累赘的"战斗武器"。

"你自己一个人吗?"大叔朝门外望了望,狐疑地问道。

"是的。"我点点头。

大叔转头一脸严肃地跟身边的人吩咐了几句便打发他走了,然后招了招手让我进去。

"你为啥要去利比亚?你在突尼斯生活吗?土语讲得不错啊。"大叔眯起眼睛,严肃的表情稍稍舒展了一点。

"没有,不过我四年前在布尔吉巴语言学院学过阿拉伯语,就在哈德拉街上。"我把推车留在了门口,往屋里走了几步,面对眼前的这根救命稻草,我并不介意多聊几句。

"哈哈,我知道那所学校,我家就在那条街上。你叫什么名字啊?"大叔那好像被固定住的眼角皱纹微微向上扬了一下,配上他炯炯有神的目光,透出一丝睿智。

"您就叫我伊卜提萨姆或伊卜吧,我想中文名字对您来说可能有点难记。"不知怎么,我隐隐预感到眼前这位严肃的大叔会帮我解决难题,心情稍微轻松了一些。

"哈哈,好吧。伊卜,跟我来吧,我来给你想想办法。"眼镜大叔用手撑起他胖胖的身子朝门外走去,顺势喊了个年轻小伙子帮我推车。

"你的阿拉伯语说得比我好啊。"大叔边走边说。

"谢谢夸奖。"我莞尔一笑,满脸绯红,太长时间没和阿拉伯人打交道,一时竟听不太习惯他们的恭维话,"我觉得突尼斯土语很亲切呢,我很喜欢这儿。记得留学时我最喜欢去蓝白小镇,先买个甜甜圈,然后去三层咖啡馆玩猫咪,看成片成片的三角梅,晃悠悠就过了一下午了。"我转头望向严肃大叔,只见他的眉眼越发舒展,一时间,竟露出一丝和蔼可亲的表情。

"哈哈,很久没看到游客了,我都快忘了我们还是个旅游国家。"大叔的笑声像是从圆圆的肚皮底部发出来的,很有穿透力。

"您在机场工作很久了吗? 那现在来这里的人都是干什么的?"我好奇心满满地问道,完全忘了自己还身处困境。

"快 20 年了,呵呵,什么人都有。不过以前来这里的大多是游客,现在嘛,这里已经成了通向利比亚的门户了。"

"所以您的皱纹是最近才长的吗?"

"哈哈哈哈哈,也许是吧。"严肃的大叔终于放开声笑了起来,被固定住的皱纹也像冲破牢笼般自由地在脸上跳跃起来。

"站住！站住！"

闹哄哄的候机厅瞬间静止了，远处一个大胡子冲开人群向外飞奔，后面两个人边喊边追。所有人都警觉地竖起了耳朵。

"快把他按住！"其中一个人大声疾呼。

那个大胡子正快速朝着我和大叔的方向跑来。

大叔见状，二话不说，一个箭步冲上前去，用他庞大的身躯挡住了大胡子的去路。大胡子因为惯性跟大叔撞了个满怀，正要调整自己的平衡往别处跑，却被大叔一把给揪住了。

我条件反射地往边上躲了躲。

"默罕默德（默罕默德与穆罕默德均为阿拉伯男子常用名，二者只是中文翻译不同，为了区分书中人物，本书两种译法都有采用）！"后面追的两个人也跑到了大叔的跟前，"他的……他的身上有违禁品！"其中一个人上气不接下气地喊道，他一把抓住大胡子的衣领。大胡子趁机奋力挣脱，又被另一个冲上来的人钳住了胳膊。挣扎的时候，一本小册子从大胡子的口袋里滑落到了地上。

大胡子的穿着和一般的突尼斯人不太一样，他头顶小帽，身着一件白色的大长袍，络腮胡子留得很长，和穿着牛仔裤、T恤的本地人形成了鲜明的反差。

似乎是为了避免引起不必要的恐慌，大叔又恢复了严肃的表情，示意那两个人把大胡子带去办公室。

"稍等我两分钟。"大叔看了我一眼。

我点点头。

说罢，大叔便小步快跑地跟着那几个人回了办公室。

我弯腰捡起了那本掉在地上的小册子，小册子的封皮有点发皱，像是被反复翻阅过。扉页上写着"الشريعة انصار"，翻译过来是"伊斯兰教法虔信者"的意思，下面标注着"盖尔万媒体基金"几个字。本子上的字迹是手写的，很潦草，记录了一些数字，还有一些"圣战""伊斯兰"这样的字眼。看起来他很像是萨拉菲教派（宗教激进主义者）的信众。

"嘿，伊卜！"正当我心中充满疑虑的时候，大叔跑了过来，他的脑袋上沁出了好几颗汗珠。

"跟我走吧！"他招呼我道。

"哦，好，这个给你。"我把那本册子递给了大叔，"那个人身上掉下来的。"

"嗯。"大叔边走边接过册子，对刚刚发生的事并没有再多说什么。

"你怎么自己一个人跑去利比亚？那边现在很危险。"大叔岔开了话题望向我，圆圆的脸庞露出了一丝担忧。

"这不就是记者的工作吗？"我摊摊手，也学他睁大眼睛向上挑了挑眉毛。

"但是你一个小姑娘，还是要多加小心。"大叔的眼神又柔和了。

"会的,谢谢您。"

"突尼斯现在也不安全。"

"是吗? 不是都过去了吗?"我疑惑地望着他。

"才刚刚开始,小姑娘。"大叔故意拖长了"小姑娘"这几个字的发音。

大叔把售票窗口里的阿姨叫到旁边,询问了一番,然后便转头跟我说:"伊卜,现在航班确实满员了,但是临起飞前可能会有退票,你在这里等一下吧,只要有退票,第一张肯定留给你。"

"万分感谢!"我激动地双手合十,向他表示谢意。

"哈哈,多保重吧,伊卜。我还有工作,就先走了!"大叔朝我微微一笑,竟也学我举起胖胖的双手,合十跟我道别,煞是可爱。然后,他便恢复了严肃的表情,小步快跑地奔向了办公室。

"好的,再见,谢谢您。"我用力地朝这个面冷心热的胖大叔挥挥手。这几个字并不足以表达我的感激之情,他的出现,犹如一根定海神针,定住了一叶在无边海面上随波逐流的孤舟。

距离飞机起飞还有五个多小时,候机厅里又恢复了闹哄哄的常态,整个空间闷热而拥挤。座位不够,好多人席地而坐,有的索性直接躺在了地上。他们大多看上去年纪轻轻,但是面容却显得很疲惫,穿着也邋里邋遢。本·阿里的倒台并没能阻止突尼斯不断攀升的失业率,年轻人依然疲于奔命,找寻属于自己的生存空间。我小心翼翼地推着手推车,找到一个靠边的但是可以看见售票窗口的角落,侧身靠在墙边,从书包里掏出了临走前打印的一堆材料,恶补利比亚的战况,也顺道打发一下这漫长的等待时间。

聚散弹指间

"嘿,你好!"

我低头正看着的 A4 纸上飘进一个黑影,嗡嗡作响的耳朵里冲进来一句口音浓重的英语。

"我叫阿迪勒,你这是要去哪里?"

我诧异地抬起头,看到面前近距离站了一个 1.9 米个头、胡子拉碴、脑袋光光的大哥。他扑闪着一双大眼睛望着我,睫毛长得恨不得戳到我眼睛里。我迅速打量了他一番:身材壮实,古铜色的皮肤衬着紧实的肌肉线条,一件藏青色的弹力 T 恤服服帖帖地绑在肉上,年纪 35 岁上下,面容和电影《速度与激情》的主角范·迪塞尔颇有几分相似,整个人看起来倒也干净体面,并不像是本地人。

"的黎波里。"

面对突如其来的陌生人,我一时慌了神,嘴巴鬼使神差地就将目的地和盘托出,话一出口就后悔了。

"真的吗？太好了!"阿迪勒丝毫没察觉到我的拘谨和不自然，自顾自地说下去。

"正好我也要去的黎波里，咱们可以一起走啊！我是利比亚人，在意大利做生意，你叫什么名字?"阿迪勒又扑闪了一下他的大眼睛，笑眯眯地望着我。

"我不一定能走，还在等退票，今天的航班满员了。"

面对过分热情的他，我戒备地保持着一脸严肃。心里没好气地嘟囔着："一个阿拉伯人说英文居然还带着意大利调调，听起来真是费劲。"

"天哪，你居然会说阿拉伯语！太神奇了！我帮你盯着退票！一定能走成的，相信我！"

"哎，不用……"还没等我回答，阿迪勒就一溜烟跑去了售票窗口。真是奇怪的人，我无奈地笑了笑，继续低头看材料。40摄氏度的气温着实让人心情烦闷，一晃都两个小时过去了，我禁不住开始盘算，如果今天走不成的话，就回突尼斯城里休整一下再做打算。毕竟机场连网络都没有，也联系不上在突尼斯和利比亚的朋友。

想想也是好笑，毕业以后我曾经无数次想回突尼斯走走，但从没料到会是眼下这种情形。

正当思绪乱飞的时候，那个影子又钻了回来。

"快过去，有退票了！"

"啊?"

"去吧去吧,我给你看东西。"阿迪勒走到我跟前,顺势把住了推车,用他的大手做了一个让我放心的手势,歪着头笑盈盈地扑闪了一下大眼睛,见我还愣着神,又强调地、肯定地点了点头。

我背起背包,还打算去拿摄像机包,却被阿迪勒一把拦住:"哎呀,放心吧!你那么多东西我也搬不走的!"

我虽然内心错愕不已,但还是抱着最值钱的书包,循着他指的方向快步走了过去。到了窗口,售票员阿姨接过我的护照,复印了一份,敲了几个章,便将登机牌连同护照一起递给了我,整个过程用了不到五分钟。

我狐疑地拿着刚刚办理的登机牌和护照向推车走去,大概是天气闷热的原因,反射弧显然还没有跟上事情的发展节奏。

"你看,我说什么,相信我吧。"阿迪勒将胳膊肘支在我的手推车上,两只大手随意地搭在我的电脑包上,又扑闪了一下他的大眼睛,笑颜中略带一丝狡黠。

"谢谢你,阿迪勒。"我走到推车跟前,把机票塞进了包里,也不好意思再挂着一副严肃的表情了,"你跟那阿姨说了啥?"

"哈哈,那大姐人挺好的。我只是觉得我应该帮助你,这么一个小姑娘独自在这里。"他眯起眼睛用拇指和食指比画了一颗绿豆大小的尺寸。我看着他一副没正经的样子,皱了皱眉头。

"你不用担心,我不是坏人,哈哈。"他仿佛看穿了我的心思,"你还没告诉我你叫什么呢,你去的黎波里干什么?"他不依不饶。

"我叫伊卜,去报道。我是一名中国记者,任职于 CCTV——中国中央电视台,你听说过吗?"我指了指摄像机包上贴歪了的 logo(标志)。

他看都没往那处看一下,哈哈一笑:"没有,我是个生意人,从来不看新闻。不关心政治,只关心赚钱。"

我被他坦荡的笑声感染了,好像被一下子带出了这个闷热无趣旳机场大厅。坦白说,他的热情和坦率提升了我对他的好感度。"所以你是回利比亚淘金的吗?"

"是啊,你怎么知道? 一打仗好多事儿就变了,回国碰碰运气。伊卜,有什么赚钱的机会记得和我说啊!"

"现在回来赚钱,胆儿真肥啊你!"我禁不住打趣他。

"彼此彼此吧,我好歹还是为了赚钱,你呢?"他反将一军,竟把我给问住了。

等待的时间因为有了阿迪勒仿佛变短了许多。终于到了登机时间,阿迪勒自说自话地将自己的箱子放到我的手推车上,推着我的手推车朝行李托运处走去。我赶紧跟上一步伸手说:"谢谢,我自己来好了。"

阿迪勒并没有放慢脚步,丢回来一句:"伊卜,你看好随身物品就好了,这边小偷很多的,别的就交给我吧。"我赶紧伸手摸了摸书包里的信封,他已经自顾自地往前走了老远,我只得小跑两步,默默跟在他身后。

和大多数的阿拉伯男人一样,阿迪勒是典型的大男子主义者,只是这种雪中送炭的大男子主义并不叫人讨厌。托运完行李,他便自作主张地左肩横挎摄像机包,右肩横背他的手提行李,两根牵着几十斤重物的背带,在他胸前勒出一个十字。正当我默默不好意思的时候,他顺手又夺过我手里的电脑包,大步流星地上了飞机。

突尼斯国内航班都是用小飞机,一排左右两边加起来才四个座位,空乘的年纪看起来都不小。我找到自己的座位,却发现那儿已经坐着一个乘客,我拿出登机牌对了半天,确认没错,才拿给他看。谁知道他非但不让座,还理直气壮地说:"你就随便找一个座位吧,大家都不按机票上的位置坐的!"我听罢一愣,正要跟他理论,却被阿迪勒一把拦住,他冲我挤眉弄眼了一番,我禁不住扑哧一笑,跟着他继续往前走了。中东的人和事不就是那么随意吗?只是我离开许久,竟有些不记得了。

阿迪勒给我找了倒数第二排靠窗的位置。他把行李一件件放进了行李架,然后就和我一起并排坐下了。坐下来的时候,他还一个劲儿地往过道那边靠,好像生怕自己庞大的身躯挤到绿豆大小的我。

"百分百?""百分百。"是利比亚人非常喜欢用的一句口头禅。

"百分百?""百分百!"这两句的意思是:"什么都好吧?""什么都好!"

他侧身望向我,还做了一个阿拉伯人特有的夸张表情,以至于原先粗壮帅气的小平眉瞬间变成了八字眉,整张脸倏忽间化作了一个真诚无比的"囧"字。我望着他笑呵呵地点点头。

"休息会儿吧。"见我不愿多说话,阿迪勒便转身闭上了眼睛,佯装睡觉,浓密的睫毛骄傲地趴在他棱角分明的脸上。

见他一闭眼,我的倦意也像巨浪排山倒海般袭来。也难怪,折腾了20多个小时不说,一路上我就像是一只仓皇的麻雀,生怕下一秒就撞上一个飞不过去的大网兜,神经一直都绷得紧紧的。这会儿啊,对我来说最好的选择,就是像他一样系好安全带,闭上眼睛,睡个大头觉。

老实讲,我并不讨厌阿迪勒。突然蹦出他这么个扛大包的一路相伴去的黎波里,我心里确实踏实了不少,更何况他不仅潇洒风趣,还很懂分寸。另外我也对他产生了点好奇心,利比亚打仗,大家一个个都在往国外跑,他不好端端地待在意大利,非要跑回利比亚,难道钱真的比命还重要吗?想着想着我便模糊了意识,沉沉地睡了过去。

飞机突然开始颠簸,我迷迷糊糊睁开眼。"快到了,伊卜。"阿迪勒的嗓音低沉而温柔。"嗯。"我直起身子,望向了窗外。飞机下方的地中海和天空一起伸向了远方,在世界尽头交汇出一道金色的水平线。

　　海水在阳光的照射下显得通透可爱,天空陪衬着,几朵云彩像棉花糖一样零零落落地堆在飞机下面,整个世界像抹了一层银粉似的清澈明亮。眼前的一幕在我心里莫名地激起了层层奇特的、难以描述的涟漪,如果不是赶着去工作,真应该停下来欣赏一会儿这里的美景。

　　出了机场,阿迪勒招呼了辆出租车去口岸,他一屁股坐在副驾驶的位置,我背着包自觉地钻进了后排。我俩默契地保持着中东陌生男女之间的安全距离,毕竟这里鲜有未婚女性会在没有男性家属陪同的情况下出行。机场出租车不打表,也没有正规运营牌照,看见阿迪勒胸有成竹的样子,我也懒得多问。在中东,一切都自有一套秩序,中东的世界按照看不见的约定运转着。车子很破旧,也没有空调,虽然已经到了下午 5 点,但是北非夏季的天光歇得很晚。为了避免被闷死,我哼哧哼哧地把后排车窗摇下来一条缝,呼呼的热风拼了老命似的吹进来,刮得人头晕,我只得又哼哧哼哧地把车窗摇起来。正当郁闷的时候,阿迪勒一声不吭,摇下了他那边的车窗,用自己庞大的身躯挡住了直接吹向后排的热风,又实现了车内的空气流通。突然间,我的心里淌过了一小股温温热热的东西。

　　到了利突口岸,司机便把我们放下了,还有大约 1.5 千米的路程需要我们自己走过去,才能最终到达利比亚的入境口岸——

在那里,我又收到了一套凤凰卫视同行的拍摄设备,要带着它们一起入境。

阿迪勒从车里搬出了两个行李箱,身上挎着我的摄像机和电脑包,手里还拿着另一台摄像机,然后把三脚架放在了我的大行李箱上,示意我拖他的小行李箱往前走。我跟在他身后,看着他被行李五花大绑的样子不禁笑了起来,琢磨着他怎么这么倒霉,竟碰上了我。

烈日下,1.5 千米的距离显得特别长,阿迪勒的衣服已经被汗水浸湿,藏青色的衣服深一块浅一块的,膀子上的肌肉随着他的步伐有节奏地一起一落,黝黑的皮肤在阳光的照射下熠熠发光。他走出一段就回过头来看看我,确定我没掉队。一颗颗不识趣的汗珠子掉下来,挂在了他长长的睫毛上,挡住了他的视线,他腾不出手来擦,隔一会儿就甩甩脑袋,继续往前走。终于,我们在利比亚口岸办妥了入境手续。我曾幻想过一路上的无数种可能性,却从来没有想到整个过程会因为一个人的出现而变得那么顺利,内心无比感激。

"阿迪勒,这儿找车走也不方便,媒体局会从的黎波里开车来接我,你要不跟我一起走吧,等他们来了我和他们说。"我迫不及待想为他做点什么。

"好呀,你一个人在这儿等我也不放心。"阿迪勒用胳膊抹了抹脸,松了口气,笑呵呵地说。离约定的时间还有三个小时,我们溜进了旁边的小卖部，买了点水和零食，找了几级有遮阳篷遮阳的台阶就坐下了。

"这是你打仗以后第一次回来吗？"

"是呀。"

"意大利钱不好赚吗，非要这时候跑回来？"

"哈哈，我妈还在这儿呢，我不太放心，回来看看。她人特别好，下次介绍你们认识。她做的饭，啧啧，保证让你吃了不想回去。"他把拧开盖子的矿泉水递给了我。

"谢谢。"我咕咚咕咚一口气喝了半瓶水，"你为啥不干脆把妈妈带走呢，现在这儿这么危险。"

"她不想走，所以我回来了。现在钱也打不进来，我怕她遇到困难，带点钱回来给她和家里人用。"

"难道这是一箱子……"我迅速回头瞟了眼他身边的手提行李，又望向他。

"欧元。"他做了一个小声点的手势。

"天哪！"我睁大眼睛，连忙放低了声音，"所以你们家支持卡扎菲吗？"

"伊卜，大多数老百姓都不关心这个，只关心有没有吃的，炮弹什么时候会落到自己头上。"

阿迪勒微微一笑，喝了口水，若有所思地望向了在关卡排队的货车。

"伊卜,我们的情报系统很发达,到处都是便衣,媒体局的人也不要太相信,凡事还是小心为上。"阿迪勒突然变得严肃起来。

"嗯,我会的。"我点点头,"谢谢你帮了我那么多。"我赶紧表示了一下。

"没什么,我觉得你也挺有意思的,一个那么小的姑娘——"他又拿手指比画了一颗绿豆大小,"你觉得自己能拿得了这么多东西吗?"

"啊呀,所以老天派你这个倒霉孩子来帮我嘛!哈哈。"我指指天,像他的一个熟络的老友一样冲着他挤眉弄眼。

阿迪勒只得配合着摊开双手,把"囧"字挂上了脸。

傍晚时分,媒体局的车到了,但是新闻官很粗暴地拒绝了我载阿迪勒回去的请求。帮我扛了一路大包,还陪我等了三个小时直到太阳下山,却要他自行离开,现在要他自己找车去城里的难度可比白天大多了。我拼了命地和新闻官一再掰扯,却被阿迪勒打断了。

"别求他们了,我自己走,没问题的,你查查你东西都送上车没有,别落下什么东西,不好找。"阿迪勒像大哥哥一样仔细嘱托我。

"应该没有了,可是你怎么回去?"我简直要哭了。

"我可是利比亚人,别担心啦。后会有期了,伊卜,照顾好自己。"阿迪勒说完帮我关上了车门。

车启动了,我依旧沉浸在愤懑中,看都不想多看那个讨厌的新闻官一眼。等回过神来,我才发现走得太匆忙,竟没有留下阿迪勒的任何联系方式,转头一望,整个世界已经陷入了一片夜幕之中,什么也看不见了。

就这样,阿迪勒从天而降又凭空消失得无影无踪,一想到这辈子或许没有机会再见到他,我的喉咙倏忽之间堵住了。

利突边境的难民营

夜色下,窗外的景色变得毫无辨识度,道路左右两边空空荡荡看不到头,偶尔飘过的一两栋平房,就这样随意地立在路边,路上一个人影也没有。我呆呆地望着窗外,心里懊丧极了。

突然,车子开始减速,我赶忙探出脑袋向窗外张望,这才发现我们到了一个检查岗,车子后面却依旧黑黢黢的什么也没有。我像泄了气的皮球,坐回了座位,心不在焉地望向窗外。车窗外面尽是些十几岁的孩子,他们穿着迷彩服,拿着枪,板着脸朝车里张望,他们稚嫩而严肃的脸庞,正用力地替他们展示权威、彰显力量。确认车上都是政府工作人员和外国人,他们和新闻官点头示意了一下,这才给我们放了行。

车没走多远,"砰！砰！砰！"几声枪响划破天际,绵长的尾音迟迟不肯散去。车里的空气好像一下子凝固了,一片死寂。新闻官转头见我面色惨白,哈哈大笑:"没事,小孩儿朝天乱放枪呢！"

就这样,我开始了在中东的记者生涯。

"脑白金广告团"

    车子一路颠簸,道路两旁的路灯早已罢工,司机大叔理直气壮地开着大灯照亮前路,但也只是勉强能够看清楚几十米距离内的事物。司机毫不介怀这严酷恶劣的行驶环境,把他几十岁高龄的小巴车开出了法拉利的效果。最靠近车头的那一团空气,在强光的照射下,像密密麻麻的小白絮。它们在车跟前乱飞一通,又急速向车两边散去。小白絮时不时地急转方向,我的身子也同时随惯性向一边靠过去,我这才知道,噢,转弯了。除此之外,窗外的整个世界都是黑黢黢的,再也没啥可看的了。

    我随着座椅摇摇晃晃,半梦半醒地望着这个长达两个多小时、毫无辨识度也毫无变化的长镜头,恍惚觉得自己进入了另一个时空,正奔向另一个世界。

    车子终于停下来了,新闻官打开车门跳下了车,吼了一嗓子。

    "到……咳……到了啊!"

    因为长时间没说话,新闻官的嗓子被痰卡住了,他奋力地咳了一下,完整地吐完音节之后,又连贯地把痰咽了下去。他招呼完几个利比亚人帮我们搬行李,便头也不回地走了。

抵达酒店已经是当地时间晚上 9 点多,我拖着疲惫的身子晃晃悠悠地下了车。四周昏暗的灯光在夜幕里寥寥几笔勾勒出这栋建筑的形状,它看起来并不太高,周围的草木影影绰绰。更唬人的是刚才开车经过的那道大铁门,两边各有一名拿枪士兵像雕像一样直挺挺地立着,庄严肃穆。

"哔!"

穿过大堂入口处的安检门,仪器发出了一记惊天的响声,将我从蒙圈的状态里一下子拉了出来。

正准备退回去重新安检,门口的小哥笑呵呵地示意我直接进去办理入住手续。那几个利比亚人在身后麻溜地帮我把行李和设备抬上了货物安检仪。

"到了呀!"

我循声望去,只见一个高大帅气、戴着圆圆眼镜的亚洲面孔径直朝我走来,旁边还跟着一个胖胖的男生。

"啊,是啊!"

可以想见,这个高大帅气的小伙子就是史可为了,我笑着朝他俩走去。

"这是凤凰卫视的摄像师。"可为操着一口浓重的港式普通话为我介绍。

"噢！你们好，你的设备在这里。"我转身示意搬行李的服务员把其中的一套设备交给他。

可为领着我去前台办理入住手续。

"路上还顺利吧？房间已经帮你订好了，我们都住在一楼，离得不远。"可为侧身靠着前台，台子上摆着一个小鱼缸，三条嫣红的小金鱼在里面不知疲倦地游来游去。

"噢，好，麻烦你啦。"

黄色的灯光柔柔地打在可为的身上，酒店里的一切干净有序，经过了二十几个小时的奔波，眼前的一切显得越发温柔安全。我双手搭在前台，一脸倦意，歪着脑袋腼腆地冲他笑了笑。

"慢慢熟悉情况吧，欧洲站的记者王玉国也在这儿，不过这个点他应该去游泳了，晚点带你去见见他。你今天就先好好休息吧，明天上午媒体局可能会组织出去采访。"

"嗯。"正说着，可为就把护照连同房卡递给了我。

我的身体像松了的弹簧一样软塌塌的，眼皮子也直打架。虽然心里很感谢可为，但实在没有力气多说什么话了。

"我的房间在这里，有什么事就打我房间电话。你早点休息，明天见。"可为礼貌地帮我打开了房门，看到行李都已经搬到房间，道了声晚安便走了。

关上房门，倦意像惊天巨浪一样将我扑倒，我依靠最后一点点意志力拉上了窗帘，便一头栽倒在床上，沉沉地睡去了。

丁零零……

一阵急促的电话铃声将我从睡梦中惊醒,我迷迷糊糊地拿起床边的电话放在耳边。

"小冯,起床没有?"

"呃……嗯……差不多……"

我试图睁开眼睛,却没有成功,只得默默闭着眼睛听电话,假装自己还在睡梦中。

"起床后去自助餐厅找我和王老师吧,我们在自助餐厅等你。"电话另一头给出了一道温柔却不容违抗的指令。

"好……"挂完电话,我便开始在床上奋力挣扎,但身体却像着了魔似的依然被死死地钉在床板上动弹不得。疲惫的身躯完全不听大脑的使唤。时间一分一秒地过去,虽然闭着眼睛,但是我却分明听到时间滴滴答答流过的声音。为了让自己良心过得去,我决定先把两只脚放到地上,让自己看上去还在为起床努力着,然后又一点点把身子向床沿挪去,让整个身子的重心到了床外面,靠着地心引力一屁股坐到了地上。

终于,在强大意志力的支撑下,我闭着眼睛站起了身,梦游一般地摸到窗户跟前,拉开窗帘,让阳光大大方方地洒进房间,眼皮这才被红彤彤的光拉了起来。

睁开眼,映入眼帘的是一整面落地玻璃窗,窗外是一个小花园,绿油油的小草在早晨阳光的照射下闪闪发光,身边的空气仿佛都雀跃起来。眼前如此怡人的景色,一时间竟叫我恍惚不敢相信自己到了战区。

为了弥补刚刚起床消磨掉的时间,我冲进卫生间火速洗了个澡,便去自助餐厅找同伴了。

"可为、王老师早上好!不好意思,我起晚了。"

我蹿到他们的座位跟前,礼貌地打了个招呼。

"来啦,快去拿吃的吧,一会儿我们要出门采访。"可为招呼道。

"哦,好。"

我乖乖地跑去餐台拿吃的,虽然快两天没好好吃东西了,却感觉没一点食欲。我绕着餐台转了一圈,拿了几片面包和黄油,就着冷牛奶,草草地打发了这顿早餐。

"这是新闻官兹纳提,他之前在加拿大生活,英语不错。"

王玉国老师拦住了走过我们桌前的一个30多岁的小伙子。

我放下手中的牛奶杯,没来得及擦嘴,连忙起身问候。

"您好,我叫伊卜。"

"你会说阿拉伯语?"

兹纳提笑眯眯地看着我,圆嘟嘟的脸颊上贴着的两个小酒窝一下子让他减龄不少。

"是的,我大学的专业是阿拉伯语。"面对阿拉伯人的大惊小怪,我已经开始慢慢习惯。

"说得不错啊!哎呀,回头我给你介绍点阿拉伯朋友,对你们的报道会很有帮助!"兹纳提像兄弟一样拍拍王老师的肩膀,望着我们。

"好的,多谢!"我报以礼节性的微笑。

早晨的自助餐厅人气很旺,几乎每张桌子都坐满了,有不少西方人,还有一些亚洲面孔。可为说,自助餐厅里一半是外国记者,一半是利比亚媒体局的工作人员,再没其他人了。也不知道是因为打仗的关系再没有游客来的黎波里了,还是因为整家酒店被刻意限定成只有外国记者才可以入住的地方。

"10 点钟在酒店门口集合,麻烦互相转告一下。"

一个年轻的利比亚小伙子跑进自助餐厅跟大家吼了一嗓子,正要抬腿离开,坐在门口的西方人一把拉住他的胳膊问道:"去哪儿?"

"兹利坦。"

"什么事儿?"

"不知道,不好意思啊。"小伙子面色尴尬地摆摆手就撤退了。

我转头望向可为。"估计又是游行吧。"可为抹了抹嘴,起身准备回房间,"收拾一下,咱们门口见吧,我去准备下机子。"

"好。"

虽然才上午 10 点,门外的热气已经在大堂门一开一合的间隙大摇大摆地晃荡进来。门外的每块砖头、每棵树都好像装了反光镜一般,将白花花的阳光毫无保留地送进眼底。记者越聚越多,虽然已经到了约定的时间,但却依然没人来招呼记者,他们有的索性将设备放在大堂地上,倚着墙壁开始闲聊。

"又迟到了。"

"是啊,我们迟到就意见很大,他们迟到就没事。"人群里有西方面孔抱怨道。

"也不说去哪儿,拍什么。"

"估计又是游行吧,去也不是,不去也不是！简直像遭到了绑架！"

"哎,可不是嘛！"

一种莫名的紧张感似乎一直盘旋在记者和新闻官之间。我回想刚刚在自助餐厅里,似乎也没有外国记者和利比亚人坐在一桌吃饭。

正想着,一辆大巴车在正门口停住了,挡住了直射进来的光线。

"各位记者,可以上车出发了。"

一个熟悉的声音飘过来,原来是那个昨晚开车拉我到酒店的新闻官,后面还跟着兹纳提和几个年纪更轻一些的利比亚小伙子。记者们直起身子,拿起设备跟随他们陆陆续续上了车。我也跟着人群,找了个前排靠窗的座位坐下了。

车里的坐法也很奇怪,利比亚人大约占据了车子前半部分的座位，记者们都找后面的位置坐，处在过渡区的是几个年轻的利比亚小伙子。可为说，他们是媒体局的翻译志愿者，都是大学生。我突然感到了些许不自在，发现好像把自己归错了类。

车子启动了，窗外的景色转移了我的注意力。

虽然是首都，的黎波里却几乎没有高楼，成片成片灰蒙蒙的矮房子一眼望不到头。道路两旁偶尔闪过的几棵高大雄壮的棕榈树，给这座城市增加了一点辨识度。这里的生活像是停顿了，店铺全关了门，街道了无声息。偶尔有一两个胆怯的平民沿着墙边迅速溜过。

我们一路往东颠簸了大约三个小时，到了另一座海滨城市，兹利坦。

兹利坦是利比亚北部沿海重镇，距离卡扎菲政府军和反对派（反抗卡扎菲的势力）反复争夺的米苏拉塔只有 60 千米。前不久，曾经有媒体报道称米苏拉塔的反对派已经向西逼近，到了距离兹利坦只有三千米的地方。据说卡扎菲部队就要守不住这座城市了，战场形势不容乐观。

"真主，穆阿迈尔（卡扎菲），利比亚！"

隔着车窗玻璃，声音如海浪般后脚踏着前脚朝我们涌来，一声高过一声。

大巴车缓缓开进了集会人群聚集的广场，我们像是进入了另一个世界。这是一片绿色的海洋：小朋友脸上的涂鸦，游行队伍里人们的衣服,绑在头上的围巾,手中挥舞旳小旗,肩头上扛着的照片,统统都是绿色的。这是卡扎菲时代利比亚的颜色。

人群朝着大巴车涌来,将车子团团围住。他们贴着窗户,向记者们挥舞卡扎菲的画像。抱在手里的小孩子们被大人顶到窗边,大人逗着孩子把手心摊开来贴在车窗玻璃上,手心里用绿色水笔歪歪扭扭地写着这么几个字——"卡扎菲永垂不朽"。细细的笔迹随着小孩子手心的褶皱曲折拐弯,若隐若现。

隔着玻璃窗,记者们像是习惯了一般,默不作声地注视着利比亚老百姓夸张的动作和歇斯底里的表情,各式各样的声音交杂在一起,最终汇成了持续的嗡嗡声。嗡嗡声钻过车窗玻璃跑进了车厢里,却也没能打破车里的集体静默,这叫人产生了一种看默片的错觉。

"向米苏拉塔发起总攻,打倒反对派!"广场的广播里传来卡扎菲沙哑的声音。

他的声音又激起了新一波民众的回应,整个广场的人浪翻滚得更汹涌了。车子终于在一栋较高的建筑旁边停了下来,记者们在推推搡搡中下了车。新闻官们用自己的身体挡住人群,给记者们开道,这条狭窄得只能容下一个人侧身通过的通道,通向了建筑的最高点。

可为在逼仄的人群中端起了摄像机。

"我们将坚持到底,直到流干最后一滴血!"一个蒙着头巾的壮汉挥舞着拳头疯狂地冲着镜头喊道。

"这是全民公决!体现了全体人民的意志!"卡扎菲激昂地喊话。

孩童在海报上写:停止战争

"500 万,500 万人参加了这次集会,你知道吗? 卡扎菲是战无不胜的!"我们试图采访几个民众,"我们已经做好流干每滴血的准备!"

镜头前挤满了人,只要有一个人开始面对镜头说话,就会有无数人围上来,争相露脸,争相呐喊。

"我们会坚持到最后,利比亚人民会和卡扎菲并肩作战,卡扎菲必胜!"

"这是一场西方世界的侵略战争,他们不会得逞!"

镜头里的每个画面似乎都印证着卡扎菲有着强大的群众

基础,利比亚人民厌恶这场西方介入的战争。如果说眼见为实,那么眼前的现实不能更真切,更让人热血沸腾、热泪盈眶了。

兹利坦的百万人"挺卡"大游行

我们爬到了楼顶,放眼望去,整个广场铺满了密密麻麻的人群,他们摇旗呐喊,就像是正在进行一场盛大的狂欢。

只是,一切都显得过于用力了。

整个场面就像是在进行一场狂乱的情绪宣泄,我们筛选不到一丁点理性的声音。整个广场上游走的,好像是一支有组织的脑白金广告团,他们机械地重复着那几句话:卡扎菲必胜。

而我们,就是那个"被绑架了的传声筒"。

我突然开始有些明白,西方记者和新闻官之间形成微妙气氛的原因了。

逃离"金丝笼"

自从上次跟着百万人大游行出门溜达一圈回来后，一连好几天，我都被圈在酒店里，哪儿也去不了。媒体局的说辞是，要保障记者的人身安全。草草一句话，就斩断了记者们单独出门采访的一切可能性。利比亚新闻发言人穆萨·易卜拉欣偶尔会在吃过晚饭以后召集记者，更新一下北约空袭导致伤亡的最新数字，仅此而已。

少得可怜的采访资源和枯燥单调的圈养生活，实在和当初的想象相去甚远。简直是要命！大老远跑过来，什么都采访不到！记者像土豆一样蹲在酒店房间里，过这种慢性自杀式的战地生活，真还不如一颗炸弹掉在头上来得痛快。

不能坐以待毙。意识到了这个悲催处境，我抱起电脑，冲进了大堂咖啡厅。

"早啊，伊卜！"

远远地，我就看到兹纳提挥着胳膊招呼我过去。

兹纳提就是前几天早上在自助餐厅打过招呼的新闻官。据说他是新闻发言人易卜拉欣的好哥们儿,之前一直在加拿大生活,家境优渥,还顶着个博士的头衔,几个月前被易卜拉欣招呼回了国。

"来,我给你介绍介绍,你们记者啊,要多听听我们利比亚人的看法。"兹纳提冲着我乐呵呵地憋出两个酒窝。

"早上好,兹纳提。"我不疾不徐地走到了他们桌子跟前,礼节性地和他们打招呼。

咖啡厅里坐着好几拨人。一如既往地,利比亚人围着几桌,外国记者们围着另外几桌,泾渭分明。

"你喝什么?我帮你叫。"兹纳提顺手拉了旁边的一把椅子过来,示意我坐下。

我迟疑了一下,隐隐感觉自己好像要孤身一人跨越三八线,迈不开腿。

"伊卜是 CCTV 的记者,想听你们说说利比亚,你们多和她讲讲呀,她的阿拉伯语说得比我都好!"兹纳提不由分说地代表我和同桌的利比亚人套近乎。

盛情难却,我坐下了。年纪小又没见过什么世面的姑娘,通常也不太懂得拒绝。

"来吃点甜点!"

一个包着粉色头巾的阿拉伯中年妇女用她粗粗的手指切了

一小盘库纳法(阿拉伯传统甜点)递给我。

"这是拉尼娅亲手做的,你一定会喜欢的。"兹纳提补充道。

"谢谢你,我好长时间没吃到库纳法了。"我不好意思地接过盘子,放到了桌边。

"哈哈,你知道库纳法啊!"拉尼娅睁大了眼睛,甚是欣喜。

"是啊,这算是我最爱的阿拉伯甜点了。"

"那再多来点!"我还没来得及回答,拉尼娅又切了一大块结结实实放到我的盘子里。

做库纳法的拉尼娅

"你们可以让更多人了解在这里发生着什么,而不是天天把记者圈在酒店里。"我切了一小块库纳法送进嘴里,浓稠的蜂蜜包裹在绵厚的烤起士周围,满足感瞬间充满了整个口腔。起士顶部那个被烤过的部分脆脆的,给这种厚重的满足感又增加了一点点刺激。

"没有用的,他们只会播他们想播的,写他们想写的。我在西方生活了二十几年,还不知道他们的套路?这些人不是骗子就是间谍。"兹纳提的声音似乎比他自己想象的高了一些,咖啡厅里像唱片卡壳一般突然安静了几秒,随即又恢复了原先闹哄哄的状态。

"不能因噎废食。"还没咽下前一口库纳法,我又开始切下一块了,"没有信息传出去,大家就只能凭空分析,一堆外国的老头子们分析来分析去,对你们而言,能有啥好结果?"

兹纳提,记得他说过不喜欢被拍照

"我们每周都组织大家出去拍摄啊,你不是也去了吗?你看到了吧,利比亚人民多么支持卡扎菲!"

兹纳提盯着我,边比画边向我靠近,他的情绪越来越激动:"西方媒体的报道全是骗人的,报道对他们来说,不过是用来击垮我们的武器。他们毫无底线可言,我们不可能把他们放出去乱写一通。Blood Pen(血笔),他们手里握着的笔都沾着利比亚人民的血!"

"可是,这不符合媒体传播的规律。"我喝了口红茶,试图散去口中的甜腻,身子向前凑了凑,认真地望向他,"你不能天天带我们去'挺卡'大游行,我们不能天天都发一样主题的新闻,后期不选这篇稿件,对你们有什么用呢?"

桌上的一个老式手机发出了宣礼(又称唤礼,即呼唤穆斯林到清真寺叩拜真主)的声音,屏幕上闪着蓝光,伴随着强烈的震动。

"伊卜,我们要去做礼拜了,你在这儿坐会儿,等我们十分钟。"兹纳提起身招呼隔壁桌的几个利比亚人一起往咖啡厅外面走。

"哦,好的。"我点点头,目送走他们之后,便打开了随身带的笔记本电脑。

真是太少见了,一个在西方生活了二十几年的家伙,却固守着一日做五次礼拜的生活习惯,好多土生土长的阿拉伯人都做不到呢。除了一口流利的英语,真是一点也看不出他和这里的阿拉伯人有啥区别,热情、不守时、容易激动、好吃甜点,阿拉伯人的特点在他身上一个也没落下。

"你是穆斯林吗?"二十几分钟后,兹纳提一个人回来了。

"不是,他们人呢?"我疑惑地问道。

"噢,他们去办公室处理公务了。你阿拉伯语这么好,应该学习一下《古兰经》,真主已经为你打开了一扇门。"兹纳提像是在完成作为一个穆斯林的传教义务。

"你不用上班吗?"

"我在这里就是上班了呀。"

"所以你的工作是?"

"和你们记者沟通啊。"

"原来你的工作就是在咖啡厅聊天。"

"哈哈,你可以这么理解。"

"但你不和他们聊天。"我偷偷指指旁边那桌的西方记者。

"也没有,必要的时候还是会沟通的,我知道怎么和他们打交道。"兹纳提的咖啡已经凉了,但他还是啜了一口。

"你真的在加拿大生活了二十几年?"

"是啊,怎么了?"

"不像。"

"为啥?"

"你太保守了,一点儿也没有被西式生活同化的痕迹。"

"哈哈,谁说的,我刚去加拿大的时候还交过一个法国裔的女朋友。"

"然后呢?"

"然后,就悲剧了。"

"啊?"

"她是我大学同学,很漂亮,金头发。我们挺爱彼此的,她其他地方都挺好,但她不是穆斯林,喜欢喝酒啊,出去玩啊。"

"这对西方人来说很正常呀。"

"是啊,我一开始觉得没问题,但是越到后来越觉得这种生活没意思。我们的想法还是相差太多了,她不认同伊斯兰教,我也懒得改变她,我们来来回回折腾了五年。"

"那现在呢?"

"分手了。"

"呃,好可惜……"

"可能还是我太懦弱吧,没勇气改变自己,也没勇气叫对方改变。"兹纳提苦笑道。

"你不勇敢?那你怎么会出现在这里?"我安慰道。

"我回来完全是为了易卜拉欣,我们是儿时好友。倒没你想的那么高尚,我有加拿大国籍,只要有危险,随时都可以走的。"兹纳提摊摊手,一副无所谓的样子。

这时一条突发新闻从浏览器里弹了出来,一排硕大的红字占了半个页面。"昨天晚上的空袭好像炸了一个足球场,炸到了小朋友。"我把电脑转向了兹纳提。

"天哪!真是一帮畜生!连小孩子都不放过!"他直勾勾地看

着电脑屏幕,双手抓住自己卷曲的头发试图让自己平静,"愿真主降罪于他们。"

"看地点貌似离酒店不远,安排我们去采访一下吧?"我睁大眼睛诚恳地望着他。

他转头看我,迟迟不应声。

"做这些才是有意义的。"我试图说服他,却吐不出更多话了。

按照记者惯常的判断,北约一颗炮弹那么贵,肯定不会随随便便浪费在没有意义的平民目标上。当然我也明白,这样的想法,兹纳提是无法接受的。

但是眼下,不管我们的想法有多么不同,也得先求同存异,想办法走出这个"金丝笼子"才行。

"我考虑一下。"兹纳提转头避开了我的目光,继续浏览新闻页面。他用力地眨了几下眼睛,眼眶微微红了。

当孩子不再相信大人可以保护自己

兹纳提第二天就帮我们安排了采访,单独的。虽然不在前一天我在咖啡厅里指名道姓的那片足球场,但是能出门我已经很满足了。

"伊卜,我们要去一个当地家庭,他们几天前也遭遇了北约空袭。"兹纳提领着我和可为到了一辆老旧的丰田车跟前。

"你要自己开车带我们去吗?"我狐疑地问道。

"对啊。"兹纳提扬了扬头示意我们上车。

我和可为将信将疑地钻进了车后座。外面的气温极富攻击性,然而我却对这种恶劣的天气显示出了超常的宽容。

"媒体局的人不会有意见吗? 我们都没打报告呢。"我将忐忑挂在脸上,心里却暗自窃喜。

"哎呀,没事,你只要别大张旗鼓到处宣传就行啦!"兹纳提一脚油门,带着我们飞也似的跑出了那个"金丝笼子"。

烈日喷出了炙热的火焰,"探险"就要在这火焰的炙烤下开始了。

"你们一定要好好拍拍!"兹纳提车开得飞快,却还转头盯着我说话。

"嗯!"我吓得赶紧点头,示意他看路。

"我带你们去的那家有个小女孩因为北约轰炸要自杀。你们一定要好好拍拍,把这些真实的故事告诉世人。"他又不由自主地把头转过来盯着我看,一个急刹车,差点闯了红灯,却依旧显得毫不在意。

"一定一定,你先专心开车。"我的魂都要出窍了。

"我简直不敢相信我的国家变成了这样! 可恶的北约,太没有人性了,连孩子都不放过!"一路上,兹纳提情绪亢奋,一刻不停地自顾自抨击北约。

的黎波里的天蓝得特别通透,是属于非洲蓝天的那种通透。兹纳提完全继承了阿拉伯人开车急刹急停的特质,一路横冲直撞,冷不丁一个急转弯拐进了小巷子里。

那是一个看起来很破旧的街区,房子外墙斑斑驳驳,有些窗户的玻璃都没有了。赤着脚的小孩子们在逼仄的街道里玩皮球,尽管破落的街道看不见任何植物,但小朋友们的嬉笑打闹声让这个地方生出了绿油油、毛茸茸的生机。

"到了,我们下车往里走走吧。"兹纳提靠边停下了车。

"空你七哇(在日语中是"你好"的意思)!"

"你好！"

"萨拉姆（穆斯林用于向尊贵亲人问好的敬语）！"

兹纳提的"豪车"吸引了孩子们的注意力，看见我和可为两个亚洲面孔下了车，他们瞬时一拥而上，呼地一下就将我们团团围住，用各种他们能想到的语言七嘴八舌地跟我们打招呼。

小姑娘们对着镜头还有些腼腆

"你们好呀。"我摸了摸跟前一个小姑娘的头。

"你们是哪国人呀？"小姑娘一听我说阿拉伯语，立马抓着我的衣角追问，一脸好奇地望着我。

"我们是中国人。"我拍拍她的脑袋。

"中国人！他们是中国人！"小姑娘兴奋地转头告诉同伴。

"他们是中国人！"

消息像涟漪似的一圈圈向外散开，不到十分钟，街头巷尾的孩子们都知道有中国人在，跑着跳着就都过来了。

他们对话筒、摄像机都显示出了浓厚的兴趣，这儿摸摸，那儿戳戳，一个走路还摇摇晃晃的小朋友拿起话筒来就要啃，被我一把拦了下来。他转头扑闪着几乎占了半张面孔的大眼睛，天真地望着我，无辜的小眼神望得我心都要化了。

废墟上的利比亚
国旗

"伊卜，你看到前面那个窟窿了吗?"兹纳提一句话就把我拉回了现实。"前两天北约的炮弹就丢到那儿了。"

那是一个黑黢黢的和环境极不相称的窟窿，它像艺术品一样被安在楼房的中上部，一根钢筋从窟窿里突兀地横出来半截。窟窿底下的窗户半开着，隐约能看见里面有人影在晃动。很显然，这颗炮弹并没有阻止人们继续使用这栋建筑。

我们跟着兹纳提，走进旁边的一栋楼房里，顺着幽暗的走廊，我们爬上了二层。

给我们开门的是一个上了年纪的利比亚男人，他身着一件有点泛黄的白袍子，左手腕袖口的扣子还掉了一颗。

房间里的陈设非常简陋，没有沙发，没有电视柜，没有茶几，一台巴掌大的老式电视机散漫地蹲在地上。客厅没有窗户，白天的采光只能依赖大门连着的走廊，几道光线就这样勉强地被迎进屋里。男主人和兹纳提一阵寒暄后便招呼我们席地而坐，不一会儿，女主人就端着阿拉伯茶走了过来。

"撒勒玛呢?"兹纳提问道。

"噢，她在屋子里，她现在不太愿意见人，有什么问题你们可以问我。"面对突然造访的外国人，撒勒玛妈妈表现出了友善。

"她怎么了?"我接过了话茬，关切地询问。

"前几天空袭，她因为害怕吞下了一整瓶药，还好我们及时把她送到了医院。回来之后，她就不怎么说话了。"妈妈简单地叙述了一下，便不再作声。妈妈看起来很憔悴，她轻轻地在自己丈夫的身边坐下，身子顺势斜靠在墙上，仿佛只有这样才能支撑住自己。我犹豫了，一时间竟不敢继续往下问，生怕再多说一句就会毁掉这对夫妻好不容易建设好的用来接待我们这些访客的稳定的心态。

好在兹纳提早前就和他们沟通过我们此次采访的目的。

撒勒玛的爸爸举起舀糖的小勺子，又原地放下了，他直接啜了一口不加糖的阿拉伯茶,开始和我们讲述撒勒玛的故事。

那是一个空袭后的夜晚,整个街区火光冲天,到处都在燃烧。撒勒玛看见家对面的房子整个烧着了,摇摇欲坠,她害怕地大声呼喊妈妈。妈妈听闻跑过来,安慰说:"转身冲墙,闭上眼睛,那样你就什么都看不到了!"

撒勒玛照做了,她面对墙角蜷缩到了天亮——他们实在也没有更安全的地方可以去。幸好,一家人平安无事。只是,在那次空袭中,她最好的朋友努拉死了。

几天后,又来了第二次空袭,他们也不明白为什么这里会频繁地成为轰炸目标。可是,这次冲墙闭上眼睛的老方法不管用了,在隆隆的炮声中,撒勒玛控制不住地尖叫,她已经不再相信大人可以保护她了。她因为恐惧吞下一整瓶药,幸好家人及时把她送进了医院,才把她从死亡边缘拉了回来。

"与其让别人杀我,我还不如自杀。你能想象吗?这是一个14岁的女孩从急救室出来后说的话。"说到这里,爸爸哽咽了,他的额头上青筋暴起,眼睛里迸出血丝,屋子里的一切都被他的满腔怒火凝固。我们一动也不敢动。仿佛过了一个世纪,这股怒火炸裂成两行浅浅的泪痕,爸爸就像泄了气的皮球一样,掩面而泣。

兹纳提将自己的手搭在了爸爸的肩膀上,一句话也没说。

"她现在好点了吗?"我轻声询问。

"医院配了点药,她吃归吃,但好像没什么用。她回来就一直不说话,不去学校,也不见人。"妈妈的眼眶早已被泪水浸湿,为了保持声音的平稳,她大口大口地吸着闷热的空气。

"愿真主惩罚他们。"爸爸用手抱紧他妻子的肩膀轻声念道。

"我可以进去看看她吗?"我试探性地询问妈妈的意见。

"你去吧,没事。"妈妈抹了把眼泪点点头。

我起身轻轻地敲了敲紧闭的房门。

"撒勒玛,撒勒玛!伊卜进去看看你啊!"妈妈一边朝屋里喊,一边示意我进去。

我小心翼翼地推开房门,只见一个包着头巾的小姑娘背对着我坐在椅子上,她的面前是一扇窗户。

"你好,撒勒玛,我叫伊卜。"

撒勒玛转身望向我,由于窗户外边射进来的光太强,我只能隐隐约约看清楚她的轮廓。

"我可以进来吗?"

只见那个背后微微发光的轮廓点了点头。

我轻轻走到了她身边,沿着床边坐下,这才看清楚她的面容。

撒勒玛长得很白净,北非人少有的那种白净,长长的睫毛下面藏着两颗颜色多变的眼珠子。活脱脱一个小美人儿,是那种穿再破旧的衣服都掩盖不了美貌的美人。她望着我,挤出了一个拘谨而善意的笑容。

"你在看什么书?"我柔声问道。

"《古兰经》。"

"看到哪一章啦?"

"《黄牛章》。"撒勒玛的回答认真而简短,她的声音细若悬丝,音色还未蜕去小女孩的稚嫩。

"我陪你念一会儿好不好?"我摸摸她的头。

"好。"

撒勒玛的书桌前堆着好些奖状:体操比赛二等奖、朗诵会最佳表演奖,还有班级评的助人为乐奖。一个影楼里那种夸张的镶着银边的老式相框安静地靠在墙上,照片是六个小姑娘叠罗汉似的叠在一起照的,照片上的她们笑得很开怀。

撒勒玛一边念诵,一边用手指抵着经文一点点向后移动。她专注得好似沉浸在了另一个世界里。

"我们休息一下好不好?"过了许久,我帮她合上了《古兰经》,"感觉好一点了吗?"

"嗯。"撒勒玛点点头。

"你很厉害啊,都能看懂吗?"

"差不多。"

撒勒玛看起来有点虚弱,但眼睛里露出的光又让她看上去不像是一个软弱得可以让人随意摆弄的孩子。

"妈妈很担心呢。"

"我很抱歉,但她帮不到我,她甚至帮不了她自己。"她显示出了超越年龄的冷静。

"你很优秀。"我指了指那些奖状。

"没什么用。"撒勒玛眼睛都没有抬一下。

"怎么会呢？它们证明你有能力找到办法好好和家人生活下去。"我握住了她稚嫩的小手。

"我办不到，我很害怕。在这里，我们随时随地……你懂的，都会死。"撒勒玛眼中闪过一丝恐惧。

"至少爸爸妈妈都还好好地陪在你身边。"我怜惜地望着她。

"是的，但明天呢？我们无时无刻不在等待灾难的降临。"撒勒玛恐惧的眼神里流露出了一丝愤恨。

我轻轻将她拥入怀里，像哄小孩一样轻轻地拍着她，心里却开始翻江倒海。

"要振作起来啊，你是一个勇敢的姑娘，你的小伙伴们还需要你，不是吗？"我直直地望向那张笑盈盈的叠罗汉的照片，说完这几个字，便决定不再做任何无意义的安慰了。

撒勒玛答应了采访，妈妈说，这是她出院以来话说得最多的一天，她谢谢我们。我却感到万分惭愧和惶恐。

我看见一道伤口在这间不透光的小屋里一点点撕裂，绵长的疼痛随着伤口的加深侵入骨髓，直到成为他们生活的一部分。

我就像被电击了一样。"老百姓根本不管什么政治，他们只关心炮弹什么时候落到他们头上。"脑海中忽然闪过阿迪勒在利突口岸陪我等车时说的话。

"我们换个位置怎么样,让他们的孩子每天受到这样的惊吓,他们会有什么反应?"

"我们还能编什么理由去安慰孩子? 他们远比我们想象的要聪明和敏感,他们什么都懂。"

采访回去的路上,撒勒玛爸爸的声音一直盘旋在我的耳边。

一路上,健谈的兹纳提不说话了。老实讲,他跟我们也差不多,我们被关在同一个"金丝笼子"里。

后来他说,那天晚上他做梦,梦见自己把所有的利比亚小孩子都带去了加拿大。

一个没有战争的,国家。

逃跑的妻子

自从上次采访回来,兹纳提就变得越发乐意为我的采访前后张罗了。每天晚上,他几乎都会约我去咖啡厅坐会儿,变戏法一样地领过来两个利比亚人和我聊天。然后他就心满意足地在一旁小口啜着咖啡,看我们聊天。

这天晚上天气不错,兹纳提挑了一个室外的位置,还点了阿拉伯水烟,惬意地抽了起来。他对着烟管深吸一口,一阵咕噜咕噜的声音从装水的玻璃底座传来,声音由大变小,直到最后以轻轻的咕噜声收尾。他闭上眼睛享受了一秒钟,然后徐徐地将烟吐了出来,烟四散在我们周围。我不喜欢抽水烟,却很喜欢坐在抽水烟的人身边,闻那阵被吐出来的甜甜的果味。

"伊卜,这是伊萨,咱们的联络员。"兹纳提介绍说。

"你好,伊萨。"

"你好,伊卜。"

"伊萨的老婆失踪了。"

"啊,怎么回事?"

"你听他给你讲吧。"兹纳提啜了一口咖啡,望向伊萨。

伊萨在利比亚媒体局工作,是兹纳提的同事。他看上去挺年轻,但是眼角低垂,身形消瘦,透出一股与年龄不相称的消沉气。他友善地望向了我,将手放在桌子上,身子微微前倾,提了口气,向我讲述了他的故事。

他在上大学的时候认识了他的妻子。她聪明、漂亮,更难能可贵的是,她安静、温和,并且好像从来都不知道自己是聪明、漂亮的。她积极参加学校的社团活动,因为心思细腻,又很会照顾别人,被众望所归地推举为社长。她是贤妻良母的典范,凡是认识她的人都说:"谁娶到她真是好福气。"连女孩儿也说:"我要是男的,我肯定娶了她。"

伊萨本是害羞腼腆的,他也没有想到幸运会降临在自己头上,他得到了一个天天陪伴在她身边的机会,在她面前展现自己才华的机会。然后,顺理成章地,他们毕业就结了婚。伊萨成了媒体局的一个科员,拿着公务员的微薄薪水,她也并没有什么不满足的。她按照伊萨的意思待在家里照顾家庭,也没有对她一身才干在家里空耗表现出任何遗憾。

最初他们在一起时,他过着一种小时候就梦寐以求的幸福生活。她总是笑盈盈的,对他的照顾可以说是细心、周到。她总是对他鼓励有加,让他一个普通科员能够对工作有着强大的自信,以至于部里的同事都对他好生羡慕。

他大体上是幸福的。只是有两点,他一直都不大满意:她几乎天天都要去幼儿园当义工,这占用了她很多时间;还有,她一直都不想要孩子。

"一开始,我也没有多说什么,因为刚刚毕业嘛,我们都还年轻,不那么急着要孩子。"伊萨将目光移向了他正来回拨弄的手指,"她做义工的习惯是大学就养成的。为了这个家庭,她对我言听计从。她已经放弃了工作,也几乎没有什么怨言,如果连这个都要禁止她做的话,就显得有些太蛮横和不讲道理了。"

伊萨停顿了一下,拿起水烟管子,深深地吸了一口。

"其实过去在大学的时候,我常常陪她一起去做义工。"伊萨解释说,"只是后来参加工作了,我变得很忙,好不容易下班回家,如果再参加这类活动,我会更加疲乏。"

伊萨显得有些不好意思。

我认真地望着他,前倾着身子,仔细聆听。

伊萨接着向我倾诉。

后来,妻子体恤他的辛苦,便不再央求他一同前往,还在中午就为他准备好晚餐,将一切安排妥帖后才出门。为此,他打心底是很感激的。

"那些小朋友真是太可爱了,伊萨你知道吗?有个小姑娘今天画了一个特别好看的公主,她说是在画我。"

"你一定是个特别好的妈妈,小孩子们都那么喜欢你。"伊萨一把将她搂在怀里,"要不然我们自己生一个吧?"

"再等等,亲爱的。"

"我们都结婚三年了。"伊萨顿了一下,"也有了一点积蓄。"

"再等等,亲爱的。"她捋了一下伊萨前额的头发,捧起他的脸亲吻起来。她的诱惑力随着年龄的增长变得更富有层次了,以至于伊萨一下子就被她吸进了温柔乡,变得忘乎所以了。

就这样,伊萨的要求被一再地忽略了。

几个月前的一天,伊萨还是像往常一样下班回家。饥肠辘辘的他冲进厨房,看到炉灶上焖着一锅他最爱的利比亚汤。他打开火热了一下,然后端着热气腾腾的汤到餐桌上呼噜呼噜地胡饮了一通。正当他心满意足地仰面靠在椅子上,准备拿桌上的牙签时,却发现牙签筒下压着一张纸。

他狐疑地从桌上拿起了这张纸,展开来看。

他惊呆了,简直不敢相信自己的眼睛。

亲爱的伊萨:

我走了。感谢你给予我的这段温暖岁月,这段我人生中最幸福的时光。

我曾经梦想着能够与你白头偕老。但是,我做不到了……

请原谅我的不告而别,也请千万不要找我。

对不起,亲爱的,是我辜负了你。请你忘了我吧。

愿真主保佑你。

永远爱你的 Kiki

伊萨痴痴地笑了,他觉得她是在恶作剧,尽管她从来没这么干过。

他冲进房间打开衣柜,起身的时候,碰倒了客厅的椅子。她的衣服确实都不见了。

他又冲进书房。书房里没有什么变化,书柜里的书还是整整齐齐地摆在那里,书桌上连根笔也没有少。他打开抽屉,属于她的身份证件和资料,确实没有了。

他接着又回到了客厅,侦探一般地环顾四周,客厅除了比往常更整洁一点之外,也并没有什么不同。

哦,不,茶几上多了一把钥匙。她把家门钥匙留下了。

还留下了满满一冰箱他爱吃的食物。伊萨抓起手机给丈母娘打电话——她从小随妈妈长大,爸爸早早就去世了。

丈母娘并不住在的黎波里,她接通了电话。她告诉伊萨,她也得知了这个消息,但却并不知道 Kiki 现在在哪里。

伊萨于是又给他们认识的每个人打电话,却没有任何线索。

伊萨疯了似的跑去她常去做义工的那个幼儿园,挨个儿问她的义工朋友,依然毫无结果。整整一个月,伊萨都在打听她的下落,他甚至去警察局备了案,动用了新闻界的朋友,但还是毫无头绪。

他几乎绝望了,头发都白了一半,在短短一个月时间里瘦成了枯干。他不敢相信自己的妻子会这样对待他,她一定是有什么苦衷的。他这样安慰自己。他的心被一种不堪忍受的痛苦撕毁了,他们甜美的爱情、完满的婚姻和幸福生活的种种场景始终缠绕着他。时间并没有减轻他的苦痛,更可悲的是,他还是怀有一丝希望的——她会回来的希望。尽管那变得越来越渺茫。他完全没有力气了,上班的时候,那自信的神态完全不见了。不仅如此,中午吃饭的时候,他变得默默不语,同事们说的点什么吃之类的日常琐碎之事,都能勾起他的回忆,然后他的眼眶一下就湿了。回家对他来说,变成了一件极其困难的事情。他不愿改变家里的样子,因为那是她亲手布置的。但是他又不敢一个人在家里待着,因为家里的每处都有她的影子。思念她这件事,叫他夜夜以泪洗面,他感觉自己的心被戳烂了,无法再爱了。

他的生活乱套了,他开始怨恨她,怨恨她的不负责任,不告而别。他感觉自己被欺骗了,但又不由自主地为她开脱,他厌烦了自己。终于有一天,他不想再继续软弱下去了。

他决定搬家。

那是一个周末的下午,他正在屋子里收拾东西。整理床铺的时候,他在床头板与墙之间的夹缝里发现了一张国际邮政汇款单,上面的收款人地址处写着一个的黎波里的地址。

受好奇心的驱使,伊萨顺着地址摸了过去。他发现了一家书店,竟然就在她常去的幼儿园隔壁。

他推门走了进去。书店里正对大门的矮柜上,密密麻麻铺满了卡扎菲的绿皮书。再往里走,是一排排顶天立地的大书架,上面摆了一些杂七杂八的书,还沾满了灰尘。大门左手边放置了一个玻璃柜台,柜台里有一些花花绿绿的文具用品。

一个老头子坐在里面,一副艰难营生的样子。

他试探性地打听妻子的下落,老头子头也没抬,就说不认识。

伊萨当然没有善罢甘休,但也不敢轻举妄动。他待在那家书店,翻了一下午的书。

接着第二天,他又去了,那个老头子还是坐在原来的地方。

看不出什么端倪来,伊萨就开始问东问西,和老头子套近乎。谁知热脸贴了冷屁股,老头子依旧不愿意多说话,但也不赶他走。蹲了一下午,细心的他发现,老头子并不像是做生意的,从早到晚,这家书店就卖出去了一支铅笔。

也是,眼下这时境,还有谁会光顾书店呢?

他接连去了三天,到第三天,书店里的老头子终于说有事要早点关门,赶他走,下午就早早打了烊。

伊萨走出了书店,但他并没有马上离开,他躲在墙根边上,打算看看老头子要去哪儿。突然间,他发现幼儿园和书店之间的墙上一个特别隐蔽的小门开了,一群青年男女陆陆续续穿过小门从幼儿园进了书店,里面居然还有他和老婆共同的朋友——一个过去和他们一起做义工的姑娘。

他感到自己的脑袋就要爆炸了,他终于忍不住冲上去。

"究竟是怎么回事?你们这是在干什么?你肯定知道我老婆的下落,她到底去哪儿了?"

他发了疯似的挡住这个可怜姑娘的去路,厉声质问,眼珠子差点都要弹出来了。

"她去哪儿了?你应该问问你自己。"她冷冷地说道。话毕,便头也不回地钻进了书店。

透过门缝,伊萨看见了一个隔间,它用一排顶到天花板的书架和正厅隔开,从书店的正门进去是看不到入口的。小隔间里面摆着一张大台子,台子两边的书架上摆满了书,青年们正围坐在台子周围,忙碌地敲击着键盘。门边有一台老旧的印刷设备,老头子正用它印刷着什么东西。伊萨在印刷物上看到了几个熟悉的字眼——"利比亚自由电视台"。

天哪,这是反对派成立的反政府电视台,这样的字眼怎么出现在了这里?

伊萨像遭受了电击一般。他模模糊糊地觉得应该一个人好好想一想了。他走走停停,心中渐渐浮现出一个骇人的疑问——

难道一直以来她都在为反对派做事吗？难道一直以来她都在利用自己的身份窃取部里的情报,出卖他？他停住脚步,立在大街当中不动了。他觉得天旋地转,快要失去知觉了。

他灵魂出窍一般地飘回了家。

家里已经被收拾得只剩四面白墙了,客厅茶几上留着他俩的结婚照,照片里的她,还是像过去一样甜甜地笑盈盈地望着他。

他将自己扔在了床上,翻来覆去地回想过去两人相处时的种种细节,彻夜未眠。

"她确是柔情似水的,能让身边的每个人都很舒服。但是她本质上却是极有想法的,大学里的老师都对她的谈吐和智慧赞叹有加。"伊萨摸了摸额头,"她过去的梦想就是当一名记者,像你一样。"

"她不和你交流想法吗？"

"交流,不过……哎,怪我,是我太一厢情愿了。"

伊萨用力抹了把脸:"她大学的时候就常常说,40 多年了,利比亚只有政府电视台一种声音。她认为利比亚的媒体不是媒体,它不是为老百姓说话的,不能行使监督政府的职能。"

"所以,她跟你的想法完全不一样?"

"我们生活在的黎波里啊,我还在媒体局工作。你知道,我们学新闻的,或多或少都有点愤青的特质。但我实在没想到她真的会……怪我,可能因为我从来没让她参加过工作,她太理想化了。"

伊萨的眼睛直愣愣地盯着自己的手指,动也不动。

"而且,她和默罕默德·那布斯是好朋友,我想他的死可能对她产生了很大的影响。"伊萨在他的记忆里不断搜寻着蛛丝马迹。

默罕默德·那布斯是一位利比亚民间记者,毕业于牛津大学。他在班加西反对卡扎菲的浪潮中创办了利比亚第一个私人电视台——利比亚自由电视台。在利比亚内战发生之后,卡扎菲切断了利比亚国内的互联网,那布斯利用非法的卫星网络连接,突破政府的网络封锁,将节目由班加西发送到全世界。

利比亚自由电视台是当时众多国际媒体获取利比亚情况的主要来源之一。2011 年 2 月 19 日,那布斯在报道卡扎菲政府部队企图收复班加西的时候,被卡扎菲部队的狙击手射杀了。他死的时候才 28 岁,妻子腹中还有一对未出生的双胞胎。

那布斯虽然死了,但是利比亚自由电视台却一直运转下去了。他影响了很多年轻人。

"她对我应当是有怨恨的,因为出于安全的考虑,我曾经禁止她跟那布斯联系,因为这件事情,她闷闷不乐了好几天。后来网络和电话都不畅通了,他们也就无从联系了,她很晚才得知他的死讯。"

"她确实比过去话少了,我的工作也很忙,所以我也并没有太在意,夫妻生活最后总是会归于平淡的。在她消失前的那段时间,我们几乎没有什么交流了。"

"她没有表现出什么'倒卡'的迹象吗?"

"有,其实挺明显的。她曾说过,卡扎菲应该下台。是我,我不想相信和正视这件事情。"

他回想起了早在 2011 年 1 月,突尼斯前总统本·阿里逃跑的消息传出来的那天,她搂着他的脖子开玩笑说:"利比亚重生的机会不远了。"他记得自己当时捏了捏她翘挺的鼻子,警告她不要胡说八道,不要傻傻地去当替死鬼。她什么也没说,只是搂着他的脖子亲了一口,便像往常一样嗲嗲地依偎在他的怀里了……

细节一点点地从记忆中钻了出来,伊萨感到喘不过气来。

第二天一大早,伊萨拿起了那张在床头板与墙之间的夹缝里找到的汇款单,再次去了那家书店。他把汇款单交给了那个老头子,而这张汇款单能证明他是自己人。

"你叫什么名字?"老头子抬头望着他。

"我叫伊萨,是 Kiki 的丈夫。"伊萨将自己的悲惨遭遇告诉了他。

老头子被眼前这个可怜人打动了:"她人在达尔纳,但如果你没想清楚,就不要联系她。对你,对她,都不好。"

老头子一边说,一边颤颤巍巍地从手边的本子上扯下一页,写上了一个电话号码,递给了伊萨。

达尔纳,利比亚反对派武装控制区。

"我万万没想到她会选择从我的世界消失。"伊萨苦笑了一下,握着咖啡杯的手攥得更紧了,眼睛里泛起了一点泪光。

"我很遗憾。"我感到有点局促,不知如何安慰。

伊萨故作轻松,侧身从钱包里掏出一张有点皱巴巴的照片递给我。"后来仔细想想,她其实跟我提到过很多次民主、革命、利比亚政府的腐败,她看了很多这方面的书。她外表柔弱,内心却是热血又固执的。只是我都忽略了。或者说,粗暴地拒绝了。我只想要个安稳的家庭。我一厢情愿地说服自己,她只是随便抒发一下。"照片上的姑娘斜着头靠着伊萨,笑得很灿烂,那时的伊萨还留着卷卷的爆炸头,一副吊儿郎当的社会青年的样子。

他从钱包里掏出那张写着电话号码的小纸条看了又看。

"你还没有和她联系吗?"我问道。

"没有。"伊萨抿住了嘴巴。

"她太愚蠢了。"兹纳提在一旁插话,"西方国家美其名曰为了利比亚人民,实际上想要的除了石油还是石油。"

伊萨转动着手中的咖啡杯,鼻头紧缩了一下:"我们革谁的命?革的都是自己的命。她太傻了。"

"那你还打算和她联系吗?"

伊萨不再说话,只是痴痴地望着手中的小纸片,放空着等时间流走。

伊萨

慵懒的夜色被水烟的苹果香和地上的青草香熏成了甜味儿，花坛里淡紫的小花在幽幽的灯光下显得格外朦胧。的黎波里不像北京，没有那么多闪烁的霓虹灯，所以漫天的星星就显得格外明亮耀眼。因为一场战争，一条看不见的银河就这样悄无声息地横亘在了伊萨和他的妻子中间。

轰隆隆……

不远处突然传来了沉闷的爆炸声，我们的对话就此被打断。

咖啡厅里的记者都站起了身，带着摄像机，爬上了酒店顶层的平台。记者们七嘴八舌地交流着，给各自的消息源打电话，辨认空袭的位置和目标。远远地，一团橘色的火光在漆黑的夜幕里摇曳，浓烟从火苗的顶部升腾而起，就像被钉子钉在了夜空，久久不能消散……

的黎波里的夕阳

当真相还在穿鞋的时候，
谎言早已走遍世界

2011 年 3 月 19 日，依照《联合国安理会 1973 号决议》，北约展开了空袭利比亚的行动。到 8 月，北约已出动 1 万架次飞机空袭利比亚，摧毁了大约 1800 个目标。但利比亚的局势依然胶着，卡扎菲宁死也不下台，谁也不知道战事何时能了。

的黎波里的街头已经见不到什么行人了，店铺歇业，饭馆关张，整座城市陷入一片死寂，老百姓内心的不安与日俱增。利比亚新闻官每天都召集记者宣布北约造成伤亡的数字，他们变得比以前更愿意合作了——他们迫切需要记者对北约施加舆论压力。

一天晚上，利比亚政府发言人易卜拉欣没控制住情绪，用手指着天歇斯底里地向记者喊道："他们不和我们对话，而是轰炸我们，他们疯了！"

大家心知肚明，美国已经铁了心要把老卡（卡扎菲）赶下台，时任美国总统的贝拉克·奥巴马不止一次说："安格拉·默克尔总理和我的立场都非常明确，卡扎菲必须下台，并把权力交给利比亚人民。我们将继续施加压力，直到他做到这一点。"

但卡扎菲一个"不"字，就切断了自己所有的退路。他天天通过广播和电视向参与轰炸机西方国家喊话："我们面前只有一个选择，那就是我们的国家；而你们面前有几个选择，回到你们的国家，改过自新，撤退、放弃或者悔过。"

只是，卡扎菲有多硬，西方国家扳倒他的决心就有多大。舆论场上，西方媒体将卡扎菲描绘成"独裁者"和"暴君"，他为自己的行动编造合法理由；战场上，北约对利比亚发动的空袭就像战鼓的鼓点一样，越来越密集……

一大清早，我就被兹纳提叫醒，媒体局说要带我们去北约空袭现场。这已经是一周内第二次去兹利坦了，利比亚官方称这场空袭造成了 85 人死亡，其中包括 33 名儿童。

8 月的的黎波里异常炎热，加上长途颠簸，记者们在大巴车里睡得东倒西歪，谁也不知道前面等待他们的是什么。几个小时后，大巴车在一栋三层民房跟前停下了，记者们半梦半醒地拿着设备下了车。

眼前的景象把记者们一股脑儿惊醒了。

我们像是进入了拍摄影视剧的片场。面前的房子像蛋糕一样被从上到下切了一刀，面朝我们的墙体已经完全没了，另一半屋顶直接砸穿了地面，几根粗壮的钢筋从混凝土里戳了出来，活像一个大怪物矗立在荒芜的村落中。

被炸毁的利比亚
家庭房屋

我们朝它走去，满地的瓦砾阻碍着我们前行的脚步。

当地居民说，这栋房子里住着一家人。今天早上 6 点左右遭遇空袭时，里面的人还在睡觉。据说被炸死的女主人还怀着孩子，男主人正好没在，躲过一劫。

染了血的被子、残缺的作业本、断成了两截的自行车，那些还活生生的生活痕迹从瓦砾堆里一个接一个地冒了出来，刺痛我们的眼睛。

"真主至上！"

"誓和北约奋战到底！"

"打倒美帝国主义！"

"要他们血债血偿！"

葬礼现场聚满了人，他们发出了震耳欲聋的呼号。

愤怒，像狂风暴雨般席卷了整座清真寺。

穿过拥挤的人群，我们看见了三口棺材：一大，两小。里面放着三具尸体：一个怀孕的母亲和两个分别只有三岁和五岁的孩子。一个睫毛长长的小孩安静地躺在那口小小的棺材里，他歪着脑袋睡得很安详，脸上的血迹都没来得及擦掉。

"我求求你醒一醒……你不是说要去的黎波里买头巾的吗？你醒一醒，我现在就带你去好不好？"那个唯一幸存的男人衣衫不整地趴在妻子的棺木上哀号，"我带你去市场，带尤瑟夫和萨珊去游乐场好不好？你们不是一直说要去吗？现在就走好不好？求你们醒一醒，我们一起离开这个地方……我求求你们……不要丢下我好不好？"他崩溃了，死死地扒着棺材不肯松手。

他无法接受这个现实：一夜之间，妻离子散，家破人亡。

"他们不是要打卡扎菲吗？为什么炮弹都丢到了老百姓头上？他们怎么可以这么无耻?! 怎么可以口口声声说是为了利比亚人民，打死的却全是利比亚人民？你们为什么还不拆穿他们？你们都是同伙吗？"一个人冲向了可为的镜头，止不住地破口大骂。

"美国是魔鬼！"

"西方是魔鬼！"

"打倒伪善的美帝国主义!"

"要他们血债血偿!"

"血债血偿!"

礼拜厅里的人们呼号着,一排排跪在地毯上为死者祈祷。

天气热极了,利比亚在 1922 年的时候曾达到过世界最高温 58 摄氏度,但这似乎也比不上现在的温度:整座清真寺就像是一锅沸腾的开水。

兹利坦是利比亚政府军和反对派武装争夺的重点地区,为了帮助反对派武装,北约频繁轰炸这里,误伤平民的状况时有发生。对此,北约三缄其口,不做回应,只是不断强调他们的打击目标和军事行动相关。当地老百姓说,现在他们一天大概要迎接 15 到 20 次的轰炸。

顶着烈日,我们跟着人群走到了墓地旁的停尸间,村民要带我们去看更多的尸体,他们要我们感受他们的感受。

刺鼻的气味在高温的作用下迎面扑来,人们即便是屏住呼吸都难以阻挡恶臭侵入鼻腔。大大小小的尸体被随意堆放在地上,就这样,我们踮着脚尖,在尸体与尸体之间寻找落脚的地方,一具一具地跨过去。

我人生第一次,那么近距离地端详那么多的尸体:有的没了半个身子;有的面部已经开始肿胀,以至于辨认不清长相;还有一具几十厘米长的小尸体被完全烧焦,但竟然还保留着完整的人形。

我的内心感受到了无比的震颤,一种不可名状的感觉冲进了我的身体,我觉得自己整个人都变得僵硬了,心脏好像自动开启了防御机制——一层厚厚的壳正在试图包裹它。我试图说服自己正在看电影,面对的是一个与现实无关的场景,我并不认识他们,与他们产生不了情绪上的任何共鸣。

这时,停尸间外传来了密集的枪声,我和可为跑出去循声张望。一旁的利比亚人说,要开始下葬了,人们在朝天鸣枪。

可为的脑袋上沁出了豆大的汗珠,烈日下,他显得很镇定,专业地、一丝不苟地用镜头记录下我们经历的每刻。我们随着人群并肩朝下葬的地方走去,我们沉默地工作,沉默地观察,我们之间仿佛形成了一种默契,谁也说不出一句话来。

越来越多的人开始朝天鸣枪,枪声震耳欲聋,一刻也不停歇。人们的大声呼喊响彻云霄,仇恨、愤怒、悲伤,种种情绪像野兽般在空中相互撕扯。男人们挥洒着汗水,用铁铲子一下一下地挖着长方形的墓穴,一个、两个、三个……

人们好似在跟烈日赛跑,要赶在尸体腐烂发臭前将他们安葬。不一会儿,围着的人群让出了一条道,三五个人抬着被绿布包裹的尸体,跳进快有一个成年男子身高那么深的墓坑,将尸体小心翼翼地放在里面,再使出全身力气从墓坑里爬上地面,返回去抬另一具尸体。边上拿着铁锹的男人接着将刚刚挖出来的泥土铲回坑里。

就这样,我们在烈日下陪着村民挖了整整 28 个坑,注视着他们将尸体一具一具地掩埋。

下葬

这一天对我而言是纯黑色的,我几次感觉心跳到了嗓子眼又被强压回去。

我从未想过,新闻里这一串冷冰冰的数字背后竟会是这样的残酷,残酷到我根本不敢体验他们的情感经历,残酷到我条件反射般地给自己砌了一堵墙,将自己与那个痛苦的黑洞隔离。

被"绑架"的记者

"的黎波里、布雷加、米苏拉塔、苏尔特的兄弟姐妹们！"

"我绝不会离开利比亚！我和你们一样,是利比亚的孩子！"

"我将跟你们站在一起,一战到底！"

"利比亚,是属于利比亚人民的！"

"让我们一起,把美帝国主义赶出去！"

酒店房间的电视里,循环播放着卡扎菲声音沙哑却极具煽动力的号召,同样循环播放着的,还有他的支持者聚集在解放广场上的画面:他们举着卡扎菲的画像,挥舞着绿旗——他设计了一面世界上最简单的国旗,人们像日月星辰一样不知疲倦地挥舞拳头声援卡扎菲,一些人甚至支起帐篷,住在了广场。

我一个人坐在电视机前面愣神,任凭思绪飘向远方。

掌舵利比亚 42 年,卡扎菲毫无疑问是阿拉伯世界执政时间最长的领导人。当年,他也是靠这副极具煽动力的嗓音征服身边的人,让他们跟随他推翻昏庸无能的伊德里斯王朝。他的结局,历史又将如何书写？利比亚又会走向哪里？执政 42 年，意味着这里的年轻人从一生下来就生活在卡扎菲的政权下，谁又曾想象，没有他的利比亚会是怎样？

"伊卜，一会儿媒体局又要组织大家出去采访了。"一个声音把我喊了回来。

"不会吧，又要出去？去哪儿？美联社（美国联合通讯社）、路透社他们去吗？"我关掉了电视。

"不清楚，估计还是老行程。"

近来媒体局显得特别积极，恨不得每天都安排记者外出。只不过采访内容依然没啥新鲜的——不是北约轰炸，就是百万人"挺卡"大游行，而记者们主动提交的采访申请都被一拖再拖，最后落得个石沉大海的下场。后来，记者们慢慢觉察到了媒体局有意糊弄的心思，颇为气愤，一些人索性拒绝参加他们安排的采访，以示抗议。

再后来，媒体局也学聪明了，干脆就不告诉记者们要去哪里，只是说要安排外出，去不去随意。记者们因为害怕错过重要采访，只能被媒体局牵着鼻子走。这种绑架式的安排，让记者们更加恼火。

不过最终，我们还是拿着设备上了车。没办法，万一"狼"真的来了呢？

顶着 40 摄氏度的高温，媒体局拉着一车记者出了门。车子没开多久,空调就坏了。记者们睡得东倒西歪,开始并没有察觉,直到后来有两个记者给热醒了,这才发现空调坏了。

车子已经开出去两个多小时,我们却还没有到目的地。"我们这是要去哪里?还要多久到?"美联社的摄像师按捺不住了,睁着眼睛望着带队的协调员。

只见瘦瘦小小的他面露难色,用极低的声音怯生生地回答道:"大概还有两个小时。"

"什么?还要两个小时!我们到底要去哪里?这么热的天,空调都坏了!"摄像师的眼睛睁得更圆了。

"我……我不能说。"协调员的声音依然压得很低,一脸生怕被摄像师吃掉的样子。

"这不是跟我们开玩笑吗?我们要回酒店!"车里有人喊道。

"对,我们都不去了!我们要回酒店!搞什么鬼!"

"对,我们又不是小学生,要任凭你们呼来喝去的!"

车里就像炸了锅一样,记者们前阵子积攒的怨气,像个失控的火球,在车里越燃越大。大巴内发出巨大的声响,引得在我们身旁开车的车主纷纷侧目。

然而司机还是无动于衷,稳如泰山,丝毫没有调转车头的意思。

摄像师气不过,索性在大巴车的过道里架起了摄像机,煞有介事地按下了录制键,瞪着噤若寒蝉的协调员威胁道:"你们不调转车头回去,我们就把卡扎菲政府绑架记者为自己宣传的新闻发出去!"

协调员吓坏了,他只是个来自利比亚大学的志愿者,充当翻译的角色。他只能拼命给的黎波里媒体局打电话,好不容易把情况和媒体局负责人说清楚,得到的却是坚持要将记者们送往目的地的指令。

就这样,媒体局的大巴车载着一车气鼓鼓的国际记者开向几百千米外的不知道什么地方。天气太热了,记者们就像被关禁闭的小孩一样,歇斯底里地折腾了一通之后,也"歇菜"了。不过大家都打定主意,到地儿也不拍了!

被炸毁的学校

最后,大巴车在一个空袭现场停了下来:那是一所小学,楼房被损毁得很严重,断了腿的课桌被瓦砾堆掩埋了一半,旁边还散落着粉笔头,红、黄、蓝、绿、白,颜色很齐全。记者们被眼前的景象震撼了,大家还是妥协了,气鼓鼓地拍完了片子,一句话也不说,东倒西歪地睡回了的黎波里。

至此,记者们和媒体局的关系已经接近冰点。

第二天一大早,我正和兹纳提坐在咖啡厅里,他给我介绍了伊朗 PRESS TV(伊朗英语新闻电视台)的女记者丽兹,一个金发碧眼的英国美女,她老早以前面对面采访过卡扎菲。

"你觉得卡扎菲是一个怎么样的人?"我对这个见过卡扎菲的西方人很好奇。

"一个伟人,英雄式的人物。"

"怎么说?"我惊讶于她对卡扎菲如此高的评价。

"否则,他不会选择留在利比亚的。"

"西方人大多认为他是独裁者,难道你不这么认为吗?"我的困惑更多了。

"你错了,他不是一个独裁者,他是一个无政府主义者,他讨厌资本主义,也不相信共产主义能解决人类的社会问题。他只是在不停地尝试,探索一种真正适合人类的社会形态,他只是还没有成功。"

正说着,媒体局负责人穆斯塔法拿着一叠材料走了过来,说要召集西方记者开会。他找了个旁边的大桌坐下,不一会儿,CNN(美国有线电视新闻网)、路透社、法新社(法国新闻社)和一些其他媒体的记者们陆续到了。

穆斯塔法抬了抬眼镜,清了清嗓子,面无表情地开了场:"伊万,你们西方记者自称秉持客观的报道立场对吗?"

伊万抬头望向穆斯塔法,向脑袋后面捋了捋自己的头发,不紧不慢地回答:"那是当然。"

穆斯塔法嘴角微微上扬,露出了轻蔑的笑容,他继续发难:"昨天去的空袭现场明明是一所学校,你为什么在报道中把它说成是军用的? 你们堂堂 CNN,做的都是假新闻吗? 你们不仅有违记者最基本的职业道德,甚至有违最基本的人性! 你知道有多少无辜的老百姓因为你们而死吗? 你们知道你们手中的笔沾满了鲜血吗?"

他将一张 A4 纸甩向伊万,纸飞到半空中骤停,左摇右晃徐徐落向地面。在刺眼的阳光的作用下,纸的背面映射出一截截艳红色的粗线。咖啡厅里的空气仿佛凝固了。

伊万呆住了几秒钟,他努力维持西方人的风度,从地上捡起了那张 A4 纸。媒体局把他昨天的报道整理在 A4 纸上,有人在上面用红色荧光笔做了密密麻麻的标注。

"感谢你们对 CNN 报道的关注。"伊万又捋了下头发,顺带直起了身子,伊万比穆斯塔法要年轻很多,但面对长者,他并没有显得更客气,"我只是客观叙述了在爆炸现场的所见,交代了相应的背景。这张纸上所呈现的,里面没有一句话是不实的。"

"你说利比亚军队用民用设施充当军事设施,你有什么证据?"穆斯塔法不自觉地抬高了声音。

"我只是交代了背景,北约不会浪费自己的炮弹去炸没有任何价值的民用设施,而且你们用民用设施充当军事设施也不是第一次了。"伊万的最后一句话再一次挑动了穆斯塔法敏感的神经。

"你们不是什么记者,你们分明是美国的间谍!你们早就先入为主,来利比亚根本不进行客观报道,而是千方百计寻找证据挑战政府,一味抹黑政府。你们毫不尊重基本事实,简直就是骗子!魔鬼!刽子手!阴谋家!"穆斯塔法站起了身,情绪激动地俯视着在座的每个人。

"穆斯塔法!"这时,CNN 的制作人朱马娜站起了身,试图用阿拉伯语跟穆斯塔法沟通,"CNN 是独立于美国政府的电视台,一直以来我们都秉持客观公正的态度报道新闻。我们从事了这么多年的新闻工作,深知真实报道的原则对记者来说就是生命,我们不可能拿这个开玩笑。"

兹纳提起身把暴怒的穆斯塔法安抚回了座位。

"我本身是黎巴嫩裔的,半个阿拉伯人半个美国人。"朱马娜见穆斯塔法情绪稍稍平稳,继续说道,"我认为媒体局现在这种绑架记者的做法是很愚蠢的,因为这 38 名记者是你们现在唯一可以依赖的声音出口。双方目前的关系这样紧张,对你们非常不利。你们需要让记者自由采访,而不是天天带记者们去看游行和轰炸现场,或去看的黎波里的歌舞升平,阻绝一切其他的信息。"

"对,朱马娜说的没错。"

"对!"

不少人一边随声附和,一边望向穆斯塔法。

穆斯塔法面带怒色,一言不发。

"就算你们的报道是事实,你们凭什么认为你们做的是对的?你们了解我们的国家吗? 知道把卡扎菲推翻的后果吗?"坐在角落的兹纳提用他厚重的嗓音打破了僵局。

"我用你们的方式和你们讲讲吧。利比亚从来就不是一个完整的国家,它的土地自古以来就分成三块,的黎波里塔尼亚、费赞和昔兰尼加,也就是现在的班加西。因为的黎波里塔尼亚和昔兰尼加中间隔着广袤的沙漠,所以一直以来,利比亚都没有形成强烈的民族和国家认同,大多数人的认同感还是建立在地区和部落的基础之上的。"兹纳提环顾了在座的每个人,叹了口气,"你们从天而降,不理解利比亚的历史,自然也看不到利比亚的未来。可能你们不相信,卡扎菲的存在确实维护着这个国家的团结和安定,如果把这个精神领袖赶走,留给利比亚的一定是绵延不绝的部落之争。"

仿佛过了一个世纪,穆斯塔法抬起了头:"你们不值得信任,你们从来就不是我们的朋友。"他顿了一下,铿锵有力地吐出了最后一句话,"你们现在在利比亚的土地上,就得按照我们利比亚的规矩来。"

"你们限制记者的人身自由,对记者实施绑架和强迫,跟你们的独裁政府有什么两样?"底下终于有记者忍不住挑衅,"你们现在拿我们撒气有什么用? 卡扎菲大势已去! 你们就是用这种方式对待你们的人民吗? 难怪他们要推翻你们!"

"请你们对非洲人民客气点,不要仗着有西方政府在背后撑腰就为所欲为,这还是在利比亚的地盘上!"丽兹站起了身,这个漂亮的英国姑娘让毫无心理准备的人吓了一跳,"请不要假装是为了利比亚人民,把你们伪善的面具拿走吧! 利比亚人民怎么样,你们真的关心吗?"

丽兹和我

在座的记者惊讶地望向这张西方面孔,窃窃私语。

"姑娘,我们都理智一些。我们是受媒体局邀请来的,本着我们的职业操守,履行我们的报道义务。如果卡扎菲政府不欢迎我们,我们走便是了。我们不会为任何一方说话,我们到这里是将真相传递出去,他们拿着只字片语给我们扣上莫须有的罪名是不公平的,我们此前也报道过很多战争在当地造成人道主义危机的真实事件。"朱马娜试图缓和矛盾。

丽兹却并不领情:"你们不是要知道真相吗? 真相就是,当下的利比亚,除卡扎菲外再无强人。利比亚没有完备的政治制度,卡扎菲下台,极有可能再引发群雄逐鹿的局面,到时候利比亚一定硝烟四起,遭殃的都是老百姓。这就是你们想看到的,不是吗?"

"我们会向总部通报这个情况,申请撤离。"伊万失去了耐心,起身将那张 A4 纸揉成团丢进了垃圾桶,头也不回地走了。

善良柔软的胖子

吉哈德回利比亚了。他是一个在我大学时代曾经对我产生过重要影响的人，一个我不得不见的人。

虽然已经近在咫尺，可惜我和他之间还隔着媒体局。整整一晚上，我像喝了一升咖啡似的躺在床上翻来覆去睡不着，脑海中不停地设想离开酒店的种种可能性，然后挨个儿否定，最后竟然做梦梦到自己坐上了一条飞毯。

天刚蒙蒙亮，我索性一不做二不休，精神抖擞地爬了起来，一边琢磨一边翻箱倒柜，从柜子里扒出了一套最不引人注目的衣裳换上，又从行李箱里揪出了临走前塞进去的阿拉伯袍子，麻利地将它叠好放进了手提包里。

"可为，我要出去见个朋友，下午回来。"临走前，我鼓起勇气叫醒了可为，他毕竟是我在酒店里最信任的人。

"啊？你要一个人出门？媒体局同意了吗？"可为揉着惺忪的睡眼，不可思议地望向我。

"我没说,说了肯定出不去了。门口小哥认得我,我就说去马路对面买点东西。"虽然我信心满满地向他吐露心迹,但声音还是显得很没有底气。

可为靠在门边,眯着眼睛看着我,似乎还没反应过来。

"情非得已,这个人我必须要见一下。"我提了提音量,让自己显得理直气壮了一些。

"你一个人出门,我担心你的安全。要不你等我一会儿,我陪你一起?"说着,可为摇摇晃晃就要往屋里走。

"哎,不要。"我赶忙拦住他,"两张中国面孔上街太招摇了,我一个人披上袍子就没人注意了。而且王玉国老师已经走了,万一这里有什么突发新闻,咱俩都不在怎么办?"他的建议,昨晚我就仔细盘算过了。

可为似乎被我的话惊醒了,他抿起嘴,眨了眨眼睛,认真地望着我摇摇头。

"安全方面不用担心,他是我的大学同学,要好的朋友,的黎波里本地人,对这里很熟悉。"我试图解除他的顾虑。

"不行,外面太乱了,不怕一万,只怕万一。"可为彻底清醒了,一副咬定青山不放松的架势。

"不会有事的,放心吧。"我开始耍赖皮,"我们保持电话联系。媒体局总是把酒店外面描绘成豺狼虎豹,可老百姓不都过得好好的。现在是白天,安全上不会有什么问题的。我是真的必须要去见见他,以后不知道还有没有机会了。利比亚这局势,你知道的。"我来回抠着门框,哭丧着脸可怜兮兮地望着他。

"我要和媒体局讲了哦!"可为着急了,出了个昏招,他从我和门框之间的缝隙里钻了出去,挡住去路,转身睁圆了眼睛假装威胁道。

"你怎么这样!我那么信任你!早知道不和你讲了!"眼瞅着计划要泡汤,我生气极了,眼泪马上就要夺眶而出。

"哎……"可为见威胁不得还起了反效果,一时间不知如何是好。这时,有人从可为房间门口的走廊经过,跟他打了个招呼,吓得我们赶紧钻进房间关上了房门。

"你要出去多久?"见我气鼓鼓的样子,他的语气有些松动。

"大概两三个小时吧,我尽量早回。"我收回了马上就要淌出来的眼泪。

"那么长时间见不到你,万一媒体局问起来怎么办?"

"说我去购物就行了。那么多记者,他们应该不会那么快注意到我,等他们反应过来,我差不多也回来了。"我央求道。

"哎,好吧,好吧,服了你了。"他拗不过,嘱咐再三,"那你自己千万小心,有什么事马上打电话给我。"

"好啦,真是我的好哥们儿!"得到了搭档的允许,我破涕为笑,一溜烟地跑向酒店大门。

"快去快回!"他无奈地摇摇头。

可为与孩子们

"早安,伊卜。"上午的酒店大堂空荡荡的,门口执勤的小哥大老远就瞧见了我。

"早啊,曼苏尔。"我故作镇静,心中默念提前想好的台词,尽可能让自己显得热情和友爱。

"这么早你要去哪里啊?"曼苏尔跟我还算熟悉,但也禁不住上下打量了我一番。

"啊,我去对面市场买点东西。女生急用的东西。"我稍稍放慢了脚步,并没有停下来。我的心已经跳到了嗓子眼,我需要尽快地、自然地结束对话。

"哦,那你去吧。"曼苏尔年纪小,听罢脸唰的一下就红了。

"谢谢你啊,曼苏尔。"我报以感激的微笑,径直走出了酒店大门。

"咳咳,曼苏尔!"

还没走出去两步,身后就传来一个上了年纪的沙哑声音,我心里咯噔一下,果断加快了脚步,头也不回地迅速穿过大铁门。我竟不由自主地小步快跑起来,穿过空无一人的马路,直到拐进了一条巷子里,笃定自己逃离了"金丝笼",才渐渐慢了下来。我向身后瞟了一眼,确定没人追,这才停了下来。

天,蓝极了。刚刚跳到嗓子眼的小心脏,此刻已经雀跃。我感到整个世界都轻盈起来,连鼻子底下的空气都是自由的。

我吸了口气继续向前走,没走两步,一辆破旧的白色丰田车赫然映入眼帘。

车里的司机身躯庞大,几乎把整个车窗都挡住了。

哈,是他没错了。

我激动不已,以迅雷不及掩耳之势钻进了车里。

"吉哈德!"

"哈哈,伊卜!"

"吉哈德!"

"哈哈,小姑娘,咱们又见面了。"

"吉哈德! 我简直像在做梦一样!"

"哈哈哈哈哈哈,好了好了,系好安全带,我们出发吧。"

吉哈德用他胖胖的手指启动了车子,一脚油门,带着我钻出了巷子。

"你过海关的时候没交出你的大胡子吗?"三年了,吉哈德的外貌几乎没有任何改变,依然一副恐怖分子的样子。

"哈哈,他们过去拿不走,何况现在?"吉哈德乐呵呵地捋了一把贴在脸上的络腮胡子,"对了,这是爸爸喊我给你带的书。"他指了指后座上的厚厚一摞书。

"天哪,三年前他搬给我的三大箱我还没看完呢!千万不要告诉他!"我笑嘻嘻地"威胁"道。

我大学时候认识了吉哈德,那时他和弟弟在我们学校修中文。他爸爸是利比亚驻叙利亚的外交官,来过一次北京,细心、儒雅、帅气,帅得一度叫我怀疑他俩是否是真父子。

"叔叔阿姨呢?"

"他们还在叙利亚,我前两天到的的黎波里。"

"啊呀!"我忍不住一声尖叫。

吉哈德突然一个急刹车。

"什么情况?"我惊魂未定地拉紧副驾驶座位旁的把手,睁大了眼睛望着他。

"你在车里等我一会儿。"他解下安全带,下了车。

只见他蹑手蹑脚地跑到人行道上,用他胖胖的大手从地上捧起了一个东西。

天啊,是一只雏鸟……

他像一个孩童般仔细地检查了一下它的脑袋、脖子、翅膀和小脚,小心翼翼地把它挪到旁边草丛里去了。就这一会儿,40摄氏度的高温在他脑袋上蒸出一串豆大的汗珠。

"你这样不好。"我一脸无奈地望着他。

"嗯?"吉哈德扑通一声坐回车里,一边系安全带一边擦汗。

"你这样会让我误以为世界上的胖子都是善良的、柔软的。"

"哈哈,难道不是吗?"

"我不知道,我只认识你一个胖子,样本数量不足以支撑理性判断。"

"小妮子有进步了呢!"吉哈德正准备转动车钥匙,突然停了下来。

"那辆车刚刚一直停在那里吗?"他望向后视镜。

"呃,我没注意……"我顺着他的目光看过去,仔细辨认,"不过看着好像有点眼熟。"

"嗯,没事,我们走吧。"说着,他再次启动了车子。

"你准备待几天?"我开始盘算哪天把可为也拉出来见见他。

"我不走了。"

"你说啥?开玩笑呢?"我不可思议地望着他,"你不是在马耳他做生意做得好好的,马上就要加入马耳他国籍了吗?"

我感觉脑袋上面的万里晴空突然划过一道闪电。

"你在这儿,我回去干吗?"

"不不不,我就待一个月,看完我你就可以走了。"

我认真地望向他，希望得到他的应允，可他却装作没听见，自顾自开车。

我端详起了吉哈德：他的衣着朴素如旧，包裹着他 100 千克重的胖胖的身躯；因为日日磕头做礼拜，额头上留下的瘀青比前几年更重了；清澈的眼神，分明透露出了几分锐利；他的一把胡子遮天蔽日般地垂到胸前。

吉哈德的恐怖分子相没让他少吃苦头。被没收护照近十年，不许离境，不得进政府部门工作，连民营企业也因为他的外貌嫌弃他。2003 年卡扎菲放弃大规模杀伤性武器之后，为了配合西方国家反恐，一度禁止男子蓄须。可是在他看来，蓄胡子是圣训允许的，堂堂一个伊斯兰国家，为了迎合西方价值观做出这样的规定，简直就是个笑话。他拒不合作，于是就被利比亚情报机构抓进监狱关了好几天，强行剃了光头和胡子才被放出来。

好在他父母给了他美好的童年生活和一箱又一箱的书，多大的不公，他似乎都能轻松化解。终于，他在别处找到了自己的生活。事实上，因为他的才学，除了在利比亚，他在哪儿都很受欢迎。

"我们快到了。"

"到哪儿？"

"你猜。"拐进了一条巷子后，吉哈德停下了车。

我疑惑地从脚边拎起包，正准备下车，抬头猛地看见一双眼睛。

"你看见没有?"我突然转头,紧张地望向吉哈德。

"什么?"

"刚好像有个人盯着我们看。"我指了指后视镜里的墙根。

"没事,不用怕。"他顺着我指的方向看了一眼,除了一堵明晃晃的白墙,空无一人。

"我包里有黑袍,要不我们还是穿上再下车吧?"我不安地望向他。

他点点头。

我迅速披上袍子,胡乱裹了下头巾,下了车。

"不用担心,这里的老板从小看着我长大的。"吉哈德看出了我的心思,推开门,先让我进去。

"吉哈德老兄,你可来了!"刚推开门,一记洪亮的嗓音迎面扑来。

"哈马德,你好啊! 这是伊卜女士,来自中国的记者。"吉哈德笑眯眯地领我走到柜台跟前。

"你好,姑娘! 真看不出来,哈哈! 来,今天尝尝我们利比亚老厨子的拿手菜。"哈马德脖子上搭着一条毛巾,目光炯炯有神,大概是日日劳作的关系,他的身形显得很健壮。

"谢谢您。"我腼腆地笑了。这间小餐馆的人气很旺,只有一张靠窗的台子还空着,估计是哈马德预先给我们留的。餐厅两边天花板上吊下来两台小电视机,里面演着夸张的土耳其连续剧,声音大约正好能盖过邻桌客人的谈话声。

"我跟你说,前天我碰到一个特有趣的英国记者,她为了维护卡扎菲跟整家酒店的记者大干了一场。"我迫不及待地想和吉哈德分享我到利比亚以后的奇遇。

"为什么?"他往纸杯子里倒上雪碧递给我。

"她大概是挺喜欢卡扎菲的,而且很赞赏他在利比亚进行的'民众社会主义'实验。"我接过来咕嘟咕嘟地喝了一大口。

"你怎么看?"吉哈德接着给自己倒。

"我刚来,说实话很难断言谁是正义的,怎样才是对老百姓好。只是这些时日在的黎波里待着,我感觉老百姓还挺拥戴卡扎菲的。我们去拍了好几次'挺卡'大游行,还有广场上的绿色帐篷,那些人看上去都是拼了老命在支持卡扎菲的。而且,西方想依靠武力推翻别国政府,怎么看都不那么正当。"我望向吉哈德。

"不要太相信你看到的,伊卜。"

"怎么说?"我凑近脑袋。

"你先尝尝这个利比亚的古斯米(couscous,一种小米、什锦蔬菜和肉组成的主食,由西西里传入利比亚),看看和突尼斯的有啥不同。"吉哈德笑嘻嘻地接过服务员手中的大盘子放在我面前。

"快说啦!"我盯住吉哈德,一副再美味的食物都无法转移我注意力的架势。

"你吃,我说,好了吧？刚你说的那个'民众社会主义'实验,卡扎菲做了30多年,失败。利比亚的经济体制到现在都是租赁经济,严重依赖石油换取外来货币,而非依靠国内生产创造收入。除了卖石油,我们啥能力都没有。"

"为啥?"

"因为他是独裁者啊。"

"喂,小声点。不要命了吗?"我紧张地环顾四周,生怕有人听见。

"没事,这儿都是自己人。"吉哈德压低了点声音,"你听哈马德给你讲讲。"吉哈德一边往嘴里送了一口意面,一边抬头招呼哈马德过来。

"菜还满意吗,我的小姐?"哈马德颇有绅士风度地欠了下身子,在我们桌边坐下了。

"好吃极了。比酒店的饭菜强多了。虽是一样的菜品,味道却是一个天上一个地下。羊肉太酥烂了。"我丝毫不吝惜我的恭维。

"希望你能常来,小姐。"他看起来心满意足。

"如果有机会的话。"我吐了下舌头,瞅了一眼吉哈德。

"哈马德之前是一家利比亚巧克力品牌扎哈拉的合伙人,我们都知道这个本土品牌。若不是卡扎菲把扎哈拉巧克力工厂关停了,他早就是大老板了。"吉哈德努了努嘴。

"为啥关停了?"番茄、洋葱、羊肉丁、鹰嘴豆在北非香料的调和下生出一种奇特的味道,我大口大口地嚼着古斯米,停不下嘴。

"因为我们'垄断了商业',违反了'民众社会主义'的要求。那些蠢货官员们强调经济自由化必须与《绿皮书》中的原则协调一致,不仅关停了大多数的工厂,还逮捕了一批跟我一样把工厂做起来的利比亚商人。"

"后来呢?"

"后来利比亚的民族工业刚起步就被断了经脉,一蹶不振了呗。我就开了家小餐馆,做点小买卖,起码不会遭人眼红。"哈马德看起来已经相当释然。

"完全依赖石油收入对一个国家来说很危险,连海湾国家都在想方设法让经济构成多样化,卡扎菲会不知道吗?"我更疑惑了。

"他被政权绑架了,呃……或者说,他被自己的恐惧绑架了。"吉哈德补充道。

"哦?"

"卡扎菲自上台以来所获得的经济和权力资源大多都被用来保住政权而非发展国家本身。对一个领导者来说,无论他有着对国家如何的愿景和希望,只要在台上,他的第一要务依然是保住政权。卡扎菲对此践行得更为彻底,从他频繁更换部长就能看出,他有多看重那个位子。"吉哈德喝了一大口雪碧。

"整整 40 年,他为了维持他的这部分力量,只能一直延续租赁经济的分配方式,把相当一部分国家财富分给那些既得利益者。20 世纪 90 年代开始的经济改革就是这样失败的。21 世纪初,利比亚开始从租赁经济朝着自由市场经济过渡,相似的情况再次限制了这种努力。所以一面是,既得利益者躺在金山银山上挥霍无度;另一面则是,像我们这样的普通老百姓,想要依靠自己的双手过上富足的生活成了天方夜谭。"话毕,吉哈德扒拉了一口意面。

"可是我怎么感觉利比亚人的生活还可以? 教育、医疗免费,年轻人也不用愁买房的事情。"我越听越糊涂了。

"别提了。"吉哈德抹了抹嘴,咕咚一声吞下意面,"我们的老师都是埃及过来的,那么多年了,整个国家连一批正经的利比亚老师都培养不出来;利比亚的公立医院你大概是没有去过,那里医疗水平和条件非常落后,碰到稍微大点的毛病就无法处理了;政府搞了一个年轻人百万住房计划,我二十几岁时填写了分房申请表,我今年都 36 岁了,那里还是一片空地。政府的诺言,能兑现一半就不错了。不过我们已经习惯了。"吉哈德耸耸肩。

"而且自从他突然决定放弃大规模杀伤性武器,和美国修好之后,他的政令和言论变得越发自相矛盾,经济政策混乱到了极点。感觉是年纪上去了,思维有点混乱。"哈马德接着补充。

"怎么讲?"我听得津津有味。

"打个比方吧,2006 年,卡扎菲想要发展非石油工业,鼓励跨国公司向建筑、健康或旅游业投资。政令发布短短一个月后,卡扎菲又说,不要外国公司了,他想确保利比亚财富留在国内,遏制外国人在经济中发挥的作用。又过了一个月,卡扎菲不满意国家过分依赖油气收入和进口,号召利比亚人自力更生,自己生产自己所需的物品。于是利比亚人就开始发展自己的产业,我就趁机开了一家巧克力工厂,经营得非常好,结果正当工厂要继续扩大生产的时候,就被关停了。你说老百姓怎么生活? 这样的经济政策简直是胡闹嘛!"

"卡扎菲的革命理想四处碰壁,21 世纪初,他终于决定要集中精力提高人民的生活水平,还与英美修好。结果你也看到了,利比亚并没多大改变。"吉哈德将沙拉递给我,"这个也不错,你尝尝。"

"嗯,利比亚从反美反西方的革命国家,到放弃挑战态度,向国际主流社会和国际规则妥协。卡扎菲放弃坚持了 30 多年的政治理念,想必也经历了复杂痛苦的心路历程吧。"我象征性地吃了一小口,不知怎的,突然感觉胃口不太好了。

"他太理想化了,遭殃的就是老百姓。"

"可是你想过没有,如果卡扎菲下台,利比亚会怎样?"

"要看有没有合适的机制来保证权力的平稳过渡。"吉哈德停顿了一下,"其实没人能预料,利比亚也很有可能陷入危机,因为我们有着很深厚的部落文化,各种力量可能会上演群雄逐鹿的戏码。但是,因为这个理由维持他的政权也是没有道理的,处在强压下的老百姓还不如背水一战,由他们主动去打破僵局,构建新的社会形态和更为先进的社会运行机制。相比这个宏伟的革命目标,当下的利比亚还有什么事情能将你置于美好的想象中呢?"

吉哈德和我在哈马德的餐厅

正在这时,我们的谈话被突如其来的访客打断了,哈马德抬眼看了看门口,向我们使了个眼色便起身去招呼了。

"利比亚汤好喝吗?"吉哈德转移了话题。

"好喝,谢谢你今天的款待。"我配合道,"艾哈迈德怎么样了,还去酒吧吗?"

"照旧,还染了个白头发。"

"真不敢相信他是你弟弟,你也太宽容了。"

"不急,年轻人都有个过程,时间到了,他自然会改变的。"

"嗯,我不能在外面待太久,我同事还在等我,咱们回去吧?"

"听你的,姑娘。"

吉哈德载着我回到了酒店,一路上,我的脑袋都在飞速运转:一直以来,吉哈德都对利比亚的主流社会持有不合作也不对抗的态度,更何况他的父亲还是个政府外交官。可现如今,我却隐隐觉得目前的他待在的黎波里是件极其危险的事情。能再次看到他我自然是开心的,但比起对他安危的担忧,这种开心,我是宁可不要的。

"吉哈德,我希望你尽快回马耳他。"下车前,我终于忍不住了,我担忧地望着他。

"放心,姑娘。你多保重,回见。"吉哈德向我微笑着摆摆手。

"到家给我电话。"

"嗯。"

回到酒店,我第一时间向可为报了到。一切如常,也没有人问起我的行踪,我长吁了一口气回到房间。

我一个人呆坐在书桌前,双眼直愣愣地盯着放在桌子上的手机屏幕,等待吉哈德的来电。忽然间手机有了一丝响动,我马上拿起来,看到的却是一条无关痛痒的新闻推送。

一个小时过去了,手机依然没有动静,我有些按捺不住了,赶忙回拨了一个电话,没人接。又拨了一个,依然没人接。我连续不断地按下拨出键,心里生出一丝不祥的预感。

人跟人是无法做到相互理解的

晚饭后,兹纳提独自一人窝在咖啡厅的角落里。桌上的咖啡杯已经空了,他缓缓地吸了一口水烟,仿佛刻意要将那团具有麻醉效果的迷雾引到身体最深处。他又接二连三地猛抽了几口,然后便投降般地闭上了眼睛,仰起头,向着天空徐徐吐出一团混杂着薄荷味的烟雾。

"我可以坐下吗?"我的声音小得大概只有自己能听得见。

兹纳提点点头,没有睁开眼睛。月光如水,夜空中飘散着一层灰白色的薄云,从云层中能看得出一两点星来,幽幽的天色,好像有无限哀愁蕴藏着的样子。桌上孱弱的烛光在微风中忽明忽灭,似乎在躲闪着什么。我们相对而坐,陷入了长时间的沉默。

我不知道找他求助是不是一个好主意,但是整家酒店似乎没有更合适的人选了。我终于鼓起了勇气:"兹纳提,我想请你帮个忙。"

兹纳提半睁着眼睛,照旧一口接一口咕噜噜地抽着水烟:
"嗯。"

"我今天见了一个朋友,但是回来以后就联系不上他了……"
我感觉一股热气掺杂着某种液体在我的体内升腾而上,堵住了我
的嗓子,我竟说不下去了,我只得停顿一下,调整状态,"你能不能
帮我打听……"

"他是反对派武装人员吗?"兹纳提打断了我。

"什么?"我抬头望向他。

"吉哈德,是反政府武装分子吗?"兹纳提一字一顿地吐出了
他的名字。

整个世界仿佛突然凝固了,只有刚刚他说话间吐出的那一团
烟雾还在我俩之间不明就里地、天真地跳着舞。我简直不敢相信
自己的耳朵,顷刻间,白天的种种可疑迹象在我脑海里一幕幕闪
过:"你跟踪我?"我睁大了眼睛盯着他。

兹纳提并没有看我,他拿起水烟枪狠狠地抽了一口,玻璃座
里的水泡泡咕嘟咕嘟地使劲向上翻腾。"是情报部门的人。"

"你早就知道?"我觉得自己就好像被一条狡诈的蛇悄悄绕住
了心脏,它猛地一收紧,我猝不及防。

世界安静极了,时间悄无声息地流淌,回应我的,只有一串又
一串咕嘟咕嘟的水声。

咕嘟咕嘟,咕嘟咕嘟……这狡黠的声音在天地间弥散开来,

我清晰地觉察到一条裂缝在我和兹纳提之间疯狂生长,最终划清了我们的界限。

"他在哪儿?!"我极力克制自己的一腔怒火,恶狠狠地望着他。

"你下车后,情报局的人就把他带走了。"兹纳提放下水烟枪,侧过脸望向远方。

"混蛋,我那么信任你!"我的嗓音失控般地撕裂了。

"你应该提前和我说的,伊卜。"兹纳提终于转过头来,透露出一丝想要和解的神情,"我们要对你的安全负责。"

"你们?"我望着眼前这个目光冷峻的男人,心底竟生出了被背叛的愤恨,还掺杂着一丝委屈,"官话就不要和我说了。"

我回想起那个平日里对我关爱有加的大男孩,顿时感到一腔泪水就要从身体里控制不住地冲出来了。

"伊卜,我希望你不要和有反对派嫌疑的人来往,否则媒体局会把你送走的。"兹纳提望向我,眼睛里射出一道光。

眼前这个人,突然变得熟悉又陌生,我一时间竟不知道该把他放在什么位置。为了保留最后的尊严,我连忙背转身,让泪水顺势滑落。我惊讶于自己出格的表现,拼命克制自己的情绪,我深吸一口气:"你做的没错,是我的问题。他不是什么反对派武装分子,他是我大学同学,爸爸是你们政府的外交官。我走不走无所谓,你们随便。我只想问你,他什么时候可以出来?"

"我不知道,对不起,伊卜。情报部门有它自己的程序。"兹纳提的语气变温柔了,虽然背对着,我分明感到他正试图向我靠近。

"不不不,说对不起的人应该是我,我以为我们是朋友。我想错了,对不起。再见,兹纳提先生。"我的眼泪夺眶而出。

"伊卜!"兹纳提似乎还有话说。

悲愤和羞赧却像鼓点一样不断催促我离开,远处传来了轰隆隆的北约轰炸声,我抹抹脸,便头也不回地走了。

炮声比前几天持续了更长时间,酒店周围不时传来零星的枪声,仿佛在预示着什么。我们就像被罩在一个大玻璃罩子里,耳聋眼瞎,我们看不到也听不见媒体局不想让我们看见和听见的事情。

回到房间,我瞬时感到全身无力,一头瘫倒在床上,眼泪哗哗地往外流。我万分懊恼,因为自己的一个冒险举动搭上了朋友,而今却无能为力。我本该做好万全的准备才对。

对未知的恐惧就像无边的黑夜一样将我吞噬,我思绪万千直到头疼欲裂。我索性起身拉上窗帘,任凭这黑暗彻彻底底地将我包围,守着手机,在窗边坐到了天亮。

"所以他是反对派武装分子吗?"自助餐厅里,可为听完了事情的来龙去脉。

"你见过他就知道了,他是连一只蚂蚁都不会伤害的人,根本不可能是什么武装分子。他最多就是不合作,绝非是要和政府对抗的人。"

"你问过兹纳提了?"

"不要再和我提这个人了,他们都是一伙的。"由朋友变成的敌人更叫人憎恶,"等媒体局上班了我就去找他们。"

"利比亚和突尼斯之间的陆路口岸被封锁了。"一大早,CNN新来的记者马修就带来了一个糟糕的消息,"我们的设备还没进来,利突口岸就关闭了。"

媒体局的人没有做出任何解释,记者们只能通过各自的渠道打听消息:当天,反对派武装攻入了的黎波里以西约 70 千米的重镇苏尔曼,和卡扎菲政府军发生了激烈交火,切断了的黎波里与突尼斯边境的联系。而过去几个月,卡扎菲政府军拼尽全力似乎也没能守住这条补给线上的另一座重要城市扎维耶:从突尼斯边境到首都的黎波里的高速公路穿扎维耶而过,对的黎波里来说,这条高速公路是它物资补给的大动脉。据说现在扎维耶已经变成了一片废墟,医院也被炸毁。反对派在北约空袭的配合下正从东西两边将的黎波里包围。

"伊卜!"自助餐厅门口,兹纳提叫住了我。

"叫我有什么事吗?穆斯塔法在办公室吗?我想找他谈谈。"我走到他的跟前,面无表情地吐出句话。

"一会儿易卜拉欣要召开新闻发布会,他现在正忙着准备,你最好等会后去找他。"兹纳提停顿了一下,"伊卜,我们能借一步说话吗?"

"我和你没什么好说的。"我正准备抬腿走人,被兹纳提一把抓住。

"吉哈德还在情报局,他没什么事。"我瞪了他一眼,他便松开了手。

"请不要故作姿态了。"话毕,我头也不回地离开了。

"的黎波里形势不太妙。"可为和我回到房间整理设备,"你也不要太担心了,我们毕竟是中国记者,他们应该不会拿吉哈德怎么样的。"他安慰道。

"嗯。"我望着显示正在拨打却无人接听的手机屏幕,深吸了一口气。

"砰!""啊!""怎么了?!"可为从冰箱拿了罐饮料,转身望着我。我抬头愣了一下:"哦,没事,以为又爆炸了。这冰箱关门的声音……"

"砰! 砰! 砰!"窗外传来一阵密集的枪声。

"这回来真的了。"可为望着我无奈地笑了。

可为和我推开房门,一口气跑到了酒店大堂,其他外国记者也都相继跑了出来,拦住媒体局的人询问:"什么情况?"

"大家不要出酒店,马路对面有枪战。"一名新闻官警告说。

"反对派打到的黎波里了吗?"一名记者问道。

"没有,就是几个暴乱分子。"他避重就轻地说道。

记者们慢慢汇集到大堂交头接耳,媒体官员遮遮掩掩的态度加深了记者们的疑虑和担忧。看似安静的酒店周围实则暗潮汹涌,原先只有两名持枪哨兵站岗的酒店倏忽之间就能冒出来这么多武装人员,实在让人惊讶。

"请大家不要走了,一会儿易卜拉欣就在这里举行新闻发布会。"轰隆隆,轰隆隆,北约的空袭已经不分白天黑夜了,听声音辨别,炮弹掉落的地点似乎离我们越来越近了。

没过多久,大堂通向房间的走廊尽头突然传来一声哀号,记者们朝着声音传来的方向奔去,只见一群人围在易卜拉欣的房间门口,将跌倒在地的他扶进房间。

易卜拉欣的亲弟弟哈桑死了。今早在扎维耶市中心的广场,被一架阿帕奇直升机从空中开火打死了。据说他今年才 25 岁,是一位平民志愿者。

"记者会时间另行通知,大家先散了吧。"媒体局的官员面色凝重地望着围作一团的记者。

作为卡扎菲政府的新闻发言人,自利比亚危机以来,易卜拉欣没有缺席过一场新闻发布会。他留英 15 年,在伦敦拥有一整条街,却在战时携家眷回到了的黎波里,担当新闻发言人。他和他的妻儿像我们一样将酒店作为居所。他能言善辩,知道如何同西方记者周旋。利比亚是个由多个部落组成的国家,因为与卡扎菲出身于同一部落(卡达法部落),他对卡扎菲政权极为忠诚,坚持认为"卡扎菲是保障民族和人民团结的'安全阀'"。

易卜拉欣

　　他本可以在国外过他富裕安全的生活。易卜拉欣的妻子扶着婴儿推车默默坐在咖啡厅里:"我不懂。"她是一个德国人,几乎很少同别人说话。

　　我轻轻拍拍她的肩膀,怜惜地望着她。

　　"这简直太残酷了。"她无法理解战争的真实模样。

　　阳光透过落地窗长驱直入地照射进厅里,空气中闷头乱撞的尘埃只得原形毕露,它们就像这被命运安排好的人生,无法逃脱命运的掌控。

　　下午,美联社的记者自发召集外国记者开会,一起商量接下来的应对方案。大家七嘴八舌，就像"五月花号"一样举手表决是撤退还是留在酒店。"红十字会有一艘船可以送大家去马耳他，船期在两天以后，现在要走的话，这恐怕是唯一的途径了。"安娜打完电话告诉其他记者，"我们统计一下人数，要走的人把名字报给我吧。"

"不用报我的名字了。"我转头望向可为，"你们先走吧。"

防弹背心上的"TV"

"我也不走啊。"可为笑着拍拍我。

"那怎么行!"我仰起头,虎着脸睁大眼睛望着他。

"你做出了你的选择,我也做出了我的。我们为各自的选择负责就可以了。"可为摆了摆手示意我不要再争辩了。

十几天前还素不相识的两个人,这会儿命运之绳轻轻就将他们捆绑在了一起。

我妥协了。并不是因为我不在意眼前的这个人,而是因为我完全能够理解他做出这个决定的理由。一直以来,对我种种出格的举动,他都给予了超出预期的支持和理解。

"各位,"兹纳提疾步走到记者们跟前,"刚接到通知,所有外国记者不得离开酒店。"

"为什么?"

"到什么时候?"

"什么情况?!"

"可是船后天就要开了……"记者们纷纷表示抗议。

"我不清楚,烦请各位互相转达一下。另外,记者会晚饭后举行。"兹纳提看了我一眼,没有做多余停留。

"他们该不会要把我们当人质吧?"记者们变得异常敏感。

"那怎么办?"

"直接走人吧。"

"走去哪儿? 他们有武器,我们手无寸铁。"

"你们看到今天酒店外面冒出来的那一群武装人员了吗? 都是卡扎菲部队的。"

"我们那么多国际记者,卡扎菲顶着那么大的国际社会压力,不会的。"

"卡扎菲从不按常理出牌。"

"媒体局的人还在这里。"

大家七嘴八舌,妄图在这一下午讨论出我们 38 名记者未来命运的走向。但事实上,我们对此是无能为力的,无论是克服升腾而上的恐惧感,还是找到一条路径确保所有人的平安,战争按照自己的步伐无情地前行着,留给我们的只有等待。

"先吃饭吧,一会儿还有记者会,问问易卜拉欣怎么回事。"不觉已到傍晚时分,一大早的变故使得记者们大都没有心思吃午饭,这时候不约而同地感到有些饥肠辘辘了。

"嗯。"记者们一边点头一边起身,一个个面带倦意地向自助餐厅走去,留下了空落落的咖啡厅独自回味过往的喧嚣。如果当时我们知道,这将是我们最后一次在咖啡厅自在地谈天说地,或许还会多留恋一会儿那里的温暖光景吧。

天色渐渐暗下来,冲天的火光使得远处房屋的侧影清晰可见,巨大的炮击声引发了我们内心的强烈震颤。我们开始变得麻木了,不再像过去那样一听见炮击声就飞也似的奔向顶楼,用摄像机捕捉黑烟飘散的方向。轰炸已经成了一件司空见惯的事情,仿佛是这座城市的组成部分一样。没什么新鲜的。

此刻面对各国记者的易卜拉欣几乎已经成为光杆司令

"北约惨绝人寰的行径是会被利比亚人民记住的!今天,在短短 11 个小时之内,的黎波里死 1300 多人,伤 5000 多人。西方世界终会为他们的杀戮付出代价的!"易卜拉欣眼睛里闪着寒光,他几乎要用尽自己全身的力气来声讨北约。

　　记者们稀稀拉拉地坐在会场里,一个个面露沮色,心思全无。尽管这可能是易卜拉欣最后的记者会,但眼下,他们着实更担忧自己的未来。历史的车轮下,谁都无法幸免,包括我们这些"局外人"。

　　"听说反对派已经包围的黎波里了,政府还能支持多久?"有记者提问。"西方的阴谋是不会得逞的,我们的武器和利比亚人民强大的意志足够支持我们坚持下去。"易卜拉欣近乎歇斯底里。

　　"我们为什么不能离开酒店?"有记者按捺不住了。"现在外面安全形势堪忧,我们有义务负责你们记者的安全。"他给出了我们预料之内的回答。

　　"你们没有权力把我们关在酒店!"

　　易卜拉欣没有作答,扬长而去。事实上,易卜拉欣的恐惧和担忧一点也不比我们少,酒店前台收到了反对派的恐吓信,他们要来捉他。

　　枪弹撕破了黑夜,一颗炮弹的碎片在咖啡厅落地玻璃窗上打出了一个巨大的豁口,透过玻璃窗看到的外景瞬时成了迷雾状。酒店周围枪声连连,尽管媒体局不停地说这只是一小撮反对派分子的骚动,很快就会被政府军平息,但是从枪炮声的密集程度判断,这是一场恶战。

　　酒店里的每个人都坐立难安。

午夜 12 点,易卜拉欣全家和媒体局的官员们统统悄无声息地离开了酒店。等记者们反应过来的时候,偌大的酒店,就只剩下记者、酒店的工作人员和政府武装人员了。等待换回来的只有急转直下的形势,记者们认清了现实,聚集到了一起,自发地组成了一个临时团队:有的记者负责清点人数;有的记者综合各方汇聚来的情报;有的记者不知从哪搞了块大白布,用黑色胶条在上面贴出了"TV"二字,并将其挂在了二楼楼梯外正对大堂的位置。所有记者都收拾好行李,穿好防弹背心,戴好头盔,躲进了酒店二层的礼拜间,严阵以待。

"你快戴好,对你来说稍微有点大,没办法了,将就一下吧。"可为从箱子里掏出一个头盔递给我。

"那你呢?"来的时候,因为行李太多,这些装备我一件都没有带。

"你别管了,快戴好上楼吧。我收拾下设备就过来。"可为俨然一副大哥的样子。

在他强硬的语气下,我只好顺从地听令行事,经过吉哈德的事情,我不敢再自作主张了。

38 名国际记者,为了得到一些有关战争的真实事件,从世界各地汇集到这家酒店。尽管我们每个人当初都是怀揣着勇气来到战地的,但谁也没有想过要献出生命。在经历了未来五天的洗礼之后,我们对"勇气"的含义产生了一种全然不同的理解。我们太需要它了,需要它来应对那些因为缺乏睡眠导致大脑失去正常思考能力的时候,那种因为断水断电断粮而陷入极度绝望看不到希望的挣扎,以及那种时刻等待着炮弹砸向自己的恐惧。这38个素不相识的人,包括其中的五名中国记者,我、可为、凤凰卫视的蒋晓峰、技术邓亮棠(阿棠)和摄像师阿Dee。在未来的五天里,我们成了最亲密无间的战友和兄弟。就这样,我们这些原本和这片土地毫不相干的人,竟成了这里的一部分。

"喂,喂,伊卜,你还好吧?"

"吉哈德!你出来了?!"电话那头熟悉的声音让我一时激动得说不上话来。"你怎么出来的? 他们有没有把你怎么样? 你现在在哪里? 安全吗? 老天爷!"

"我没事,我也不知道怎么回事,他们把我放了。你怎么样?"吉哈德的声音听起来很急促,他似乎正在小步跑。

"反对派好像打过来了,周围到处都是枪声。媒体局的人都走光了,现在酒店里只剩下记者、酒店的工作人员和政府武装人员。我们正在和大使馆、红十字会联系。你这是要回家吗?"

"伊卜,你要注意安全。我正在去找我同伴的路上。"

"这么晚了,要去哪儿?"我心里生出一种不祥的预感。

"那天我们去的餐馆被毁了,哈马德死了。"电话那头陷入了短暂的沉默,"是时候改变了,伊卜。"

"吉哈德！"我的脑海里划过一道闪电，前几日看到的那几十具烧焦的尸体顷刻间又重新跃入眼帘。

"你听到那些枪声了吗？我们的同胞正一个个倒下，我们必须尽快结束这一切，越快越好。"吉哈德的声音虽然局促但很坚决。

"不要！"

"亲爱的姑娘，我热爱这个国家就像热爱善良勇敢的你一样。有些事情是我们身为利比亚人的宿命。伊卜，如果明天没有我的消息，那么我们就在真主面前相见吧。"

"吉哈德！"

电话断了……

枪炮声却越发连贯而清晰。

记者们楼上楼下地搬动行李和设备，有几个胆子大的记者去探查酒店其他的藏身之处，他们想找一个更为隐蔽的地方。酒店里的厨子、服务员倏忽之间都端起了枪械，在走廊里走来走去。酒店里的气氛紧张到了极点。

远远的，我竟看到了一个熟悉的身影坐在墙根。

"兹纳提！"我急步朝那个人影走去，"你怎么没走？"

他抬起了头望着我，一夜之间，他苍老了很多。他不自然地扶了扶怀里抱着的枪。"你快去二楼吧，和记者们待在一起。"

"吉哈德是你叫人放了的？"我并没有听他的话，而是缓缓地朝他靠近。

我们又陷入了沉默,我在他跟前立定,又缓缓地蹲下,侧头望向他。他的手似是而非地扶着那把枪,枪看上去老旧斑驳,像是临时从哪儿抓来的,没有展现出一丝准备战斗的姿态。

"叫吉哈德别再瞎折腾了。他也不看看自己是拿枪的料吗?"他幽幽地吐了口气,并没有看我。

"难道你是吗?"一股无名火蹿上了胸口,我顿时觉得憋闷得难受,"你不是说有危险随时可以回加拿大的吗?你那么怕死你怎么不回去?你该不会拿自己跟他换了吧?"

"你别傻了,姑娘。"兹纳提终于转过头来,似乎用全身的力气憋出了一丝笑意,"你快去找你的同伴吧,我已经帮不了你了。伊卜,从现在开始,我们是被追捕的对象,请离我远一点吧。"

"回加拿大吧,没什么比生命更重要。"我显出了哀求的神色。兹纳提抬起头望着我,目光却好似穿过了我的身体,飘向了更远的地方。

"伊卜,我觉得自己很脏。"他顿了一下,低头瞟了一眼那把和他极不搭调的枪,"我不想用它来杀我的同胞。可是,伊卜,没有回头路了。"

就在几天前,兹纳提还坐在咖啡厅里请我吃阿拉伯甜点,温和而友善。现在的他就像一头遭到猎杀的猛兽,布满血丝的眼里透露出的是警觉和疲惫。

　　兹纳提不喜欢在镜头前露面或是被拍照，他总说自己很快就要回加拿大，来这里不过是念着和易卜拉欣一起在英国留学时的旧情。到的黎波里前，他没有一点战争经验，一直以来他工作的主要内容都不过是监视我们这些外国记者，我甚至都不相信他会用枪。"如果能走的话，你快走吧，我不希望你被反对派的人抓住。你不属于战争。我希望你活，兹纳提。"

　　我摁住他的肩膀，站起了身。可我又做得了什么呢？困在酒店里的我们亦是前途未卜，接下来，我们只好各自奔命，各自珍重。

躲在二楼走廊里
的各国记者

白胶布贴成的
TV

　　转身的一瞬间,我已经没有了任何怨怼,脑海中浮现出的是
我们日日喝咖啡的情景。咖啡的苦味,猝不及防间在舌尖消失。
我感到我的心正在慢慢变硬,除了平安,我不再要求老天给予更
多。因为只有这样,我才能不至于沉溺于往昔,失去面对来日的
勇气。

不要开枪!

    远处隆隆的炮声伴随大地的哀号呼啸着穿过我们的身体,我们已经没有时间去思考这些声音来自哪里,今夜又有多少家园被破坏,多少孩童失去自己的依靠,因为危险也在一步步逼近我们。随着媒体局的不告而别,这座守卫森严固若金汤的安全城堡正变得岌岌可危。酒店大门口依旧站着年轻的士兵,他们拿着枪阻止里面任何一个试图想要出去的外国记者,我们无路可逃。

    恐惧悄无声息地钻进了我们每个人心里,我感到我的肌肉已经因为长时间的紧张而发酸,全身像得了重感冒一样变得软绵绵的。面对眼前发生的这一切,我们无力回天,只能睁大眼睛寻找安全的藏身之所。

    "我能和你们待在一起吗?"

    刚走进二楼的礼拜间,我就被一个法国男记者拦下了,他用哀求的眼神望着我。

"当然可以。可是,为什么?"我狐疑地朝他看去。"因为卡扎菲不会对中国人怎么样的,你们肯定有办法出去的。可不可以带上我?"他用蹩脚的英语十分肯定地说道,仿佛像看到了一根救命稻草。

"我们和你一样。"我摆摆手,一边苦笑一边往里走,"我们只是普通记者,和利比亚政府并没有什么交情,不然现在我们也不会在这里了。"

"你们不是有大使馆在这里吗? 能不能让他们去交涉一下,把我们放了?"他追上前一步,依然不死心,卷曲的头发窘迫地从耳根后掉了出来遮住了眼睛。

"我们正在打电话了解情况,大使馆那边现在也很危险,他们恐怕也自身难保。"他大概得有 40 岁的样子了,愁容满面,一抬头,我竟看到那双藏在头发帘后面的眼睛若隐若现地闪出了泪光。我看到了一个 40 岁中年男人的恐惧,心里顿时咯噔了一下,"我们不会自己走的,要走肯定大家一起走。你放心,我们的东西都在这里,你愿意的话就在这附近待着吧。"

二楼的礼拜间,是我们所知道的酒店里最大最隐蔽的屋子。它是一个套间,外间有一排放鞋的柜子,里间铺了地毯。此刻所有的记者都将设备和最简易的行李搬到了这个房间,他们个个都穿上了防弹衣,戴好了头盔,有的靠墙坐下,有的还在收拾自己的东西,有的在和本部通电话更新目前的情况。

路透社的摄像师将自己房间的白床单贡献了出来,撕成条状分发给大家,用来系在防弹衣上;我们几个懂阿拉伯语的拿了一张我们能找到的最大的纸写下"记者!记者!记者!请不要开枪!记者!记者!记者!"的字样,并将之贴在礼拜间的入口处——尽管这些在危险真正来临的时候可能都派不上什么大用场,可这却是我们目前唯一能想出的自保方法。

墙上的 A4 纸上写着:记者!记者!记者!请不要开枪!记者!记者!记者!

最勇敢的是几个摄像师,他们没有躲在礼拜间,而是扛起了摄像机在二楼楼梯转角处候着——那里能够第一时间俯拍到反对派武装冲进来的场景。我们现在没有时间去考虑有什么新闻值得用生命去换,我们所做的一切都只是本性使然。

一场战争把一群来自美国、日本、伊朗、委内瑞拉、中国等国家的记者聚到了一块，在其他任何时候，我们都不可能彼此信任，但是这场战争使得我们能够在险境中紧紧团结在了一起，每个人都觉得自己的命运和其他记者的命运息息相关。我们现在要做的只有一件事，就是互相帮助，共渡难关。从这一刻起，我们38名原本毫不相干的记者成了名副其实的战友。

在绝望中等待，
在等待中绝望

直到此刻，从外面的情况看来，这仍然是一个并没有什么不同的夜晚，可能什么也不会发生，也可能一切都会发生。但就是这样的夜晚，让我深切体会到了身处这场战争中利比亚老百姓的无助感：我们就像是一群被困住了的动物，专注地听着猛兽一步步逼近，我们被一种让人极度筋疲力尽的紧张感攫住，脑海中一遍遍闪过无数可能发生的场面。唯一不同的是，早在战争机器开始运转的那一刻起,他们便日日承受着这样的痛苦。

我们不停地跟总部汇报情况,找大使馆,找红十字会,找一切我们可以找到的人,我们多么盼望某一方在知道我们这里发生的一切之后,能够像电影里演的那样,派一架直升机从天而降将我们带走。我们甚至想,为什么北约秘书长不能下令停火呢?只要他一个命令,利比亚末日般的景象旋即就能结束,我们就可以得救。这一切究竟是为了什么呢?我们甚至不知道该恐惧什么,是被闯入的反对派乱枪打死,还是被政府军当作人质,最后被牺牲呢?我们此刻同遭受重击的卡扎菲政府一样绝望,战争的天平越倒向北约,我们被当成人质的可能性就越大。为什么不呢?卡扎菲不是坚决不投降吗?以美国媒体为主导的西方媒体不是一直说,他是一个"毫无底线的恶棍"吗?

想到这里,房间的灯突然灭了,屋子里顿时漆黑一片。伴随着尖叫和骚动,我们发现酒店的左翼全面断电了。这时候的任何一点点刺激和变化都会在我们心里产生巨大的影响。

二楼靠近大堂的位置传来了一阵揪心的喊叫声。一个年轻的英国记者癫狂了,他背起包试图从二楼窗户跳楼,两个壮实的摄像师一把抱住了他。

"我不想死!我有老婆有孩子,我的小孩只有两岁,我的人生才刚刚开始,我不想死。"他足足有 1.8 米的个头,两个男人使出了吃奶的力气才勉强控制住他。

"这扇窗户外面是没有任何遮挡的草地,就算你跳下去没摔死,你也走不了多远,铁栅栏对面全部是武装分子！在这黑黢黢的天光下,你就是个活靶子,懂吗？再说,你一个英国人在这知道该往哪儿走吗？"路透社在利比亚当地雇用的摄像师阿迪尔咆哮道。

被大伙儿拉下来以后,英国记者像一团烂泥一样瘫坐在地上,紧紧攥着怀里的背包失声痛哭。

"镇静一点,不要做傻事。"阿迪尔轻拍他的背,一点点掰开他因为紧张而变得僵硬的手指,从他手里拿过了背包。阿迪尔在里面发现了绳子、刀、一些精神药品和几瓶水。

"给他找点吃的,找两个人轮流看住他。"阿迪尔从容地指挥,似乎这里所有外国记者的命运都成了他的责任。

只是恐惧和绝望的情绪传递得非常快。没有电,也就意味着假如没有人来救我们的话,要不了一两天,我们就将和外面彻底失联。酒店的空调、冰箱、水泵等已经全部停止运转,水龙头里就快要放不出水了,很快,喝水都将成为问题。

记者们按捺不住了,纷纷起身拿起了手机。

"喂,请尽快接通我们部门的负责人。"

"喂,我们这里断电了,我们很快就会与外界失联。"

"喂,亲爱的,我们这里刚刚断电了,手机没法充电了,接不到电话别担心啊……"

"喂,宝贝,功课做完了吗？快刷牙上床睡觉……"

"喂,我想说我爱你。"

"喂……"

当一个人害怕的时候,他会想起自己的家人。当威胁越来越大的时候,我们的恐惧也在不断加深。我试着不去想告诉妈妈去新疆的事情,不去想她是不是能在电视上辨认出我,是不是会埋怨我瞒着她去了一个一定会叫她担心的地方。

我开始想天上的爷爷是不是会保佑我们平安。我摸着右手的三串念珠,那是不到一个月前在西藏拍片时一个活佛开光后送给我的。我祈求一切可以祈求的对象,祈求他们保佑我们所有人平安,包括这个正被战火蹂躏的国家里的每个人平安。

这群人里面有不少是老战地记者了,但谁都没有见过这样的场面。我们努力强装镇定,我们甚至开始盼望危险能尽快出现在我们眼前,至少我们能够知道我们恐惧的是什么。如果这种危险是不可避免的,那么至少面对危险的人能够知道一切将会很快结束,但是这种即将到来的危险如果没完没了地延续着,那也会让人受不了。我们试图做最坏的打算,我们被自己的想法吓坏了。一个人在那种情况下只会崩溃和疯狂,恐慌和哭泣只是这种崩溃的开始。

终于有人默默拿起了摄像机,开始录遗言。

"快!快点!"

正当大家因为过度紧张而木然地靠在墙边时,我们听到有人破门而入了。

英雄,不过是本能地给自己提口气

　　我们感到末日就要降临了,所有人都竖起耳朵等待第一颗子弹朝我们飞来的声音。记者们的眼睛齐刷刷地盯着礼拜间门口,希望能够在第一时间就辨认出那头我们等待已久的"猛兽"。

　　虽然我和可为都穿上了防弹衣,他也终于为自己找到了一个头盔,但这些临时应急装备并没有让我们安心多少——它们并不是为正规作战准备的。那是一款老式的防弹衣,而且尺寸也和我的体型相去甚远。防弹衣足足有七八千克重,我穿上之后走起路来就像狗熊一样笨重。两片大钢板被紧紧地插在防弹衣前后的两个大兜里,我就像刚做完脊柱手术的病人一样被夹得直挺挺的,弯个腰都困难。而且据 CNN 的安保说,事实上无论什么防弹衣,都很难有效阻挡近距离直射的子弹。我们甚至怀疑将这七八千克重的重物套在身上只会让自己在危险降临的时候跑得更慢一些罢了。我们开始变得极度悲观。

　　"有纱布吗？有医药箱吗？快！快!"正当我们蜷缩在礼拜

间的墙角想象即将到来的厄运时,摄像师阿迪尔急急忙忙跑
进来。

"怎么回事?"

"怎么了?"

"怎么了? 打进来了吗?"

大家一个个伸长脖子睁大眼睛望着他,身体却向着墙角的方
向缩了又缩。

"有人受伤了。"阿迪尔开始在礼拜间外间翻箱倒柜找东西。

"这儿,这儿,我这儿有医药包! 来,接着!"CNN 的安保从背
包里拿出了一个小白布包抛给阿迪尔,布包在所有人的注视下在
空中画出一道利落的弧线。阿迪尔一把接住布包迅速往楼下跑,
我和可为起身追下了楼,我们想知道发生了什么。

我们走到靠近酒店大门的位置,映入眼帘的竟是三个背着枪
的男孩,其中最大的似乎也不超过 20 岁,瘦削的身形使得背上的
步枪显得巨大而滑稽。他们中的一个右肩膀被子弹擦伤了,鲜血
正汩汩地往外流。

"先消毒,帮我把酒精拿过来。"阿迪尔看了我一眼,他已经麻
利地检查完伤口,一手抬起了小哥枯瘦的手臂。阿迪尔是阿拉伯
人,他的英语很蹩脚,所以一直以来,他和其他记者的交流并不
多。但他却十分敏感,对周围的情况洞若观火,语言问题丝毫没
有成为他的障碍。

我慌忙从地上拿起酒精瓶子递给他："给！"

我不敢直视那条枯瘦的手臂，鲜血正混杂着各种黑黢黢的污物顺着它肆意地流向地面。

"纱布。"

"这儿！"

阿迪尔三下五除二地将小哥的肩膀绑了个结结实实，好在殷红的鲜血沿着厚实的纱布纤维往外渗出一点之后，就慢慢止住了。

一颗悬着的心总算落了地。"外面怎么样了？"我一边帮他往纱布上粘胶布，一边柔声问道。

"打得很厉害，难熬的夜晚。"听到我讲阿拉伯语，小哥眼睛里透露出一丝惊异的神色，"我们看不到他们，他们在暗处。不过你们放心，我们会保护你们的。"小哥望着我，疲倦的脸庞上闪过一丝说不上是高兴还是英勇的神色。

"你们是中国人吗？在的黎波里生活吗？"男孩子们的眼神中充满了好奇。

"你们不要出去，现在外面很危险！武装分子不知道在哪里。"他们像大人一样语重心长地规劝我们。

"他们知道有外国记者在里面。"

大概是很久都没和士兵之外的人说过话了，他们显得有些兴奋，张牙舞爪地边比画边向我们解释酒店外面的情况。说到起劲的地方,一杆枪的枪口不小心戳到了我鼻子底下,我不由自主地向后退了一步。拿枪的小哥愣了一下,便不好意思地挠挠头,将手中的枪放到了地上。

后来又聊了几句,他们就从阿迪尔手里接过半根点着的香烟挨个儿抽了两口,尽管他们努力模仿成年男子,动作却依然显得有些稚嫩笨拙。

他们连一身统一的军装都没有,三个人的迷彩裤图案各不相同,像是从不知哪个市场里临时买来凑数的。裤管向上卷了好几卷,才不至于被踩在鞋子下面。他们的 T 恤被汗水浸得深一块浅一块,紧紧贴在身上。

他们是卡扎菲的士兵,在还无法完全明白战争是怎么一回事的年纪就被命令去拿起枪参加战斗。他们负伤了,但仍然需要鼓起勇气回到黑黢黢的酒店外面,面对不可想象的恐惧与痛苦。

我简直不敢想象,卡扎菲政府难道在依靠这样的士兵打仗吗?用他们去阻挡北约吗?用他们去阻挡反对派吗?他们除了白白送死之外能干什么呢?我无法回答这些问题。眼前的这些"士兵"是如此的荒诞而具有悲剧性,朝夕间,这些孩子就会被这场战争全部吞噬掉,这究竟是出于英勇还是出于疯狂?谁能够评判这样的牺牲?

受伤的小哥用力抽完最后一口,将烟头丢在了地上,用脚狠狠地碾了两下。他拾起了地上冰冷的枪,将它重新挎在了胸前——没有受伤的那一边。他认真地望着我们，拍了拍胸脯，让我们放心，拘谨的面容中终于露出了一丝属于孩子的纯真笑容。只是这样的笑容转瞬即逝，他和另外两个小兵转过身望向酒店门外，提了口气，向我们摆了摆手，便消失在了无边的黑夜中。

可能比起与同胞相残这件事情，保护眼前这些手无缚鸡之力的外国人对他们而言更能够唤起他们的英雄气概，支撑他们守完这个可怕的夜晚。而我们能做的，只有祈求他们平安。

断电了，也就意味着酒店的网络终端也停止了工作，我们现在可以和外界联系的途径只有卫星网络：它需要在户外接收信号，而阳台是现在酒店里最危险的地方，那里出现的一点点光亮和人影都会吸引躲在黑夜里的枪口。但也正是因为断电，我们现在必须分秒必争地在卫星网络设备也停止运转前让外界知道我们的境况，这是我们唯一的自救办法，摄像师、技术、安保都在指望着记者。

可为起身下楼去房间阳台做连线，我在后面跟着，心吊到了嗓子眼。

"你不要出去了，在房间里待着就好。"可为倚着床边将最后一块电池插入摄像机，打开摄像机，接入无线话筒接收器，快速调试了一下收音声道。

"那摄像机谁来控制？"

"我开着就行。"他抬起三脚架就往阳台走。

"我来帮忙吧。"我起身跟出去。"别出来!"他一把将我拦在门外,"没时间了,我还要调试比干(比干是卫星通信设备,专门用于无线网络环境下的实时视频连线)。"

他的表情严肃极了,我只能乖乖退回到屋内。

我坐在床边盯着阳台外面黑黢黢的一片,奢望能在第一时间看到有可能逼近可为的危险,然后做点什么。当然,我更希望上天能够保佑我们平安度过这最漫长的十分钟。

信号接通了,可为架好摄像机,走到了它的对面,并将显示屏转向了自己。我已经记不清他后来究竟在镜头前说了些什么,但他在漆黑的夜幕下打开摄像机机头灯,在强光下扶了扶头盔,正了正防弹背心的那一幕却一直深深地扎根在了我的记忆里,我知道他在拼了命地救我们。

空调停运了,酒店的气温也在不断升高,不少记者走出了闷热的礼拜间,在二楼走廊里靠墙坐下了。他们抱着电脑噼噼啪啪地敲击键盘,孤注一掷地做着一切可以改变我们命运的事情。

"马修,你怎么一个人在这里?"离开房间往楼上走的时候,我遇到了 CNN 新来的记者马修。

"我们的设备没来得及送进来。"他看起来很沮丧,"朱马娜正在和总部联系解释情况。"

"你拿我的吧。"我拍拍他的肩膀示意他跟我上二楼,"我们正好多一台,三脚架、话筒全部都有,电池也是满的。"

"真的吗?"马修睁大眼睛望着我,"真不知道该如何感谢你。"

"这是我们现在唯一的武器了,你们好好用它就行。"我试图用调侃来缓和紧张的气氛,抿了抿嘴却怎么也笑不出来。我只是默默感慨,一场危机竟然让 CCTV 的记者和 CNN 的记者从竞争对手变成了战友。

无法解除的威胁像紧箍一样箍在我们头上,窘迫的境地让每个人都学会了去珍惜那些原本不起眼的好事:一个酒店大厨竟然没走,还给我们推来一车的甜点和切好的水果。它唤起了我们对美好生活的点滴记忆,就像是天寒地冻的末日世界里透出的一道微弱的光线。

我们就这样一动不动地缩在房间的墙角,至少现在我们还是安全的。明天,也许电力就能恢复,甚至就会有人来救我们。想这些有什么用呢? 可为、晓峰、阿 Dee、阿棠现在都陪伴在我身边,这让我感到安全。我们现在能做的只有保存体力,静静地等待天亮。

在半睡半醒中,我们度过了第一个难熬的夜晚。

清晨的阳光照了进来,我们并没有等来反对派的进攻,相反,外面的枪声也变小了。

相比伸手不见五指的夜晚,白天让我们感觉更安全。记者们从硬邦邦的地板上爬起来,伸展僵硬的四肢,开始了新一天的活动。我和可为、晓峰等一行五人准备下楼回自己房间查看下行李物品,一些记者打算结伴去酒店别处探寻改善我们目前处境的可能性。

"天啊,还好没睡屋子里!"

我和可为循声从房间跑到走廊,在晓峰的房间门口碰到了慌里慌张的阿棠。

"怎么回事?"

"晓峰的房间被打中了。"

我们五个中国记者的房间都在酒店一层,大落地玻璃窗外对着的就是临街的草坪。我们跑进了晓峰的房间,他正坐在窗帘背后,阳台的玻璃已经碎裂成了雪花状,玻璃正中央有一个非常清晰的弹孔,地上满是玻璃碎片和泥土。

"我得做一个连线。"晓峰一边打电话,一边示意阿 Dee 做准备。

阿 Dee 在给蒋晓峰戴头盔

他们的比干并不在阳台，而是留在了更靠外面的草坪上——晓峰的最后一次连线是在那里。这也就意味着，阿 Dee 必须过去把它取回来。阿 Dee 是一个胆大包天、天塌下来能当被子盖的人，听到这里，他便立马抬脚跳过齐腰的阳台栅栏，向设备的方向走去。但就在这时，一连串枪声毫不留情地戳穿了眼前虚假的平静。

"阿 Dee 当心！"

"快回来！"

我们四个人屏住呼吸。

"嗖！嗖！嗖！"在此之前，我们听到的枪声可都是"砰！砰！砰！"的，在场的每个人都清楚，子弹离我们近极了。

可为和我

阿 Dee 一下子趴在了地上，他并没有后退，而是继续一点点向目标爬去，终于爬到了设备跟前，只见他猫着腰站起身，一把搂住比干，转身屈着腿飞快地向我们跑来。

"嗖！嗖！嗖！"

我们几个试图辨认子弹飞来的方向，找出打枪的人，但是酒店围栏外除了一排墨绿色的小树林之外，什么也看不见。

阿 Dee 终于跑到阳台边，迅速跳了进来。他冲进房间，仰面倒在床上，大口大口地喘着粗气。

"你没事吧?"我们几个简直要紧张得死掉了，像 X 光检测仪一样将他上上下下扫视了一遍。

"啊呀！太刺激啦!"阿 Dee 躺在床上哈哈大笑。

我们四个无奈地看着他，确定他完好无损，提着的那口气这才松了下来。接着，他就像没事人一样，立马从床上爬起来捣鼓设备去了。

老想死该怎么活

"这儿还有一点东西,先垫一下吧。"可为翻箱倒柜,从冰箱里拿出半盒牛奶递给了我。

一宿没睡,胃里正不争气地闹着革命,它热切盼望着能来点热乎的。但是面对眼前这吃一顿少一顿的情势,我也不敢挑三拣四,一仰头咕咚咕咚地就把冰牛奶喝了下去。接着,我又吃了一根香蕉、一块巧克力。

我的胃很胀,但我依然觉得很饿,尽管面前还有一些水果、零食,但我觉得即便把它们都吃掉我也不会得到满足。我感觉这是一种前所未有的饿:一种吃了这一顿,下一顿不知道在哪里的饿;一种因为强烈的不安全感,希望把以后的食物都在这一顿一起吃下去的饿。

这种感觉让我感到惊讶和羞愧。

除了这家酒店,我们没有任何补给的来源,昨晚厨师给我们送来最后一车水果和点心的同时,也带来了一个坏消息:厨房也没有余粮了。

"伊卜,我们去酒店小卖部看看,找点吃的,你们要不要去?"

刚走到楼梯口,我们就碰见了 CNN 的安保和两个摄像师。"他们要去小卖部,我们要不要一起去?"我转头询问另外四个同伴。

"哇!要去'打劫'吗?去去去!太刺激了!"阿 Dee 兴奋地喊道。

"呃……"

"走吧走吧!"

"去看看!"

五个人用脚投了票,跟着 CNN 的安保朝着酒店的另一边走去。小卖部在酒店的右翼,与记者的房间分处酒店两侧,中间隔着一段距离。

"电还是没有来吗?"我边走边询问摄像师阿迪尔。

"没有,我们早上去查了一下,发电机不工作了,昨晚负责发电机运作的人逃跑了,有人在那儿研究,看看能不能恢复供电。"

"酒店没有接入正常电网吗?"

"的黎波里普通老百姓家里老早就断电了,酒店一直都是靠发电机维持不间断供电,所以我们住在里面感觉不到。"阿迪尔笑着向我摆摆手,"更夸张的是,我今早去上厕所,马桶都抽不了水了,臭烘烘的。酒店的水泵上水要用电,水龙头里也放不出水来,我手都没洗就出来了。"

"啊?"我做了个捏鼻子的表情,"那岂不是喝水都要成问题了?"

"可不是嘛。"阿迪尔耸耸肩,"不过有一波人去游泳池那边打水了,不嫌脏的话,坚持一阵子应该没问题。"

正说着,我们走到了小卖部跟前,两扇落地玻璃门被锁上了,透过它,我们看到整齐排列在货架上的"高级食品"——牛奶、土力架、坚果、进口膨化食品等——一个个都在向我们热情地招手。我们无法假装看不见这些不属于我们的食物。

正当我们还在思索要不要打破这扇玻璃门的时候,CNN 的安保就像变戏法一样优雅地把门撬开了。我们冲了进去,每个人都像进了金矿似的满满当当抓了一怀抱的食物,直到不断有东西掉在地上才肯罢休。

"哎呀,我们再来回运几次好啦!"有人喊道。

我们幡然醒悟似的点点头,开始往回走。

我感到很惊讶,尽管我们"打劫"了小卖部,拿走了不属于我们的东西,但是在这种情形下,当一个不伤害任何人的小偷,我并不感到愧疚,也没有丝毫的心理障碍,竟然还有几分理直气壮。

阿 Dee、晓峰他们走在前面,我和可为、阿棠紧跟着,我们朝着房间的方向走去。正在这个时候,我眼角的余光突然瞟见身后的人抱着食物直接上楼了。

"哎,同志们,他们好像把吃的拿进礼拜间了。"我吼了一嗓子。

话音刚落,走在前面的阿 Dee 立马调转方向,抱着将要掉落的食物原地转了一圈回到了楼梯口。他睁大眼睛冲着我们做了一个夸张的表情:"哎呀,哎呀,我们太自私了啦!"接着就哼哧哼哧往楼上爬,动作连贯得让人看不出任何破绽。

我们一个个笑得前仰后合,阿 Dee 就像 TVB(香港电视广播有限公司)里跑出来的男演员,逗得大家全然忘了身处险境这回事儿,纷纷转头跟着他跑向了礼拜间。

这时候的二楼,已经和昨天晚上大不一样了。走廊拐角不知道谁搬来一个大垃圾桶,地面上被收拾得干干净净,连一个烟头也没有。礼拜间外间的鞋架已经变成了食物存放架,大家自发地把找到的食物放在了那里。

"我们去游泳池打水,你们谁一起?"另一拨外国记者正张罗帮手,他们不知道从哪里找了一堆空瓶子,"把它们装满了,可以放卫生间里冲马桶用。"这种秩序感让我感到安全。更让我感到安全的,是我看到所有人都在自发地为我们这个小小的命运共同体寻找一切生存的机会。

"我们刚刚在地下一层找到了一个更大更隐蔽的房间,我认为我们最好集体搬到那里,礼拜间还是太容易暴露了。"路透社的几个记者这时候也回到了二楼,带来了一个新信息。

"那边安全吗？不是说阿齐齐亚兵营和酒店之间有一条地下通道吗？该不会在那里撞上跑路的卡扎菲吧?"有人提出了质疑。

"这只是传言,没有人有确凿的证据。我们躲在地下室,最起码武装分子冲进来不会第一时间找到我们,我们活下来的机会会更大一些。"路透社的记者试图说服大家。

"我不去!"法国记者斩钉截铁地说。

"我们最好一起行动。"有人露出了一丝担忧的神色。

"你说呢?"马修望着自己的安保。

"嗯,不急。"CNN的安保大哥拍了拍马修的肩膀,"我先跟他们去看看情况。"说着,他就跟路透社的几个记者下了楼。

另一边,阿Dee、阿棠他们正兴奋地带着其他外国记者们去"小粮仓",上上下下运了好几趟食物。

"我查看过下面的情况了,目前来看,转移过去是一个不错的选择。"CNN的安保回来了,"那边的空间更大,地方也比较隐蔽,晚上大家休息起来会比较安心。"

"地下室连窗户都没有,跑都没有地方跑,就是一条死胡同,我不去!"法国记者很固执。

"你去过了吗?"

"没有! 想都能想到!"

"那我们分拨行动吧,愿意下去的下去,不愿意的留在这里。"有人提议。"不行! 我们必须一起行动,现在落单太危险了。"

CNN 记者马修

　　一些人欲言又止,最后大家都沉默了,不再表态。"我建议,有顾虑的人先一起下去看看情况,再决定搬不搬。"我试图打破僵局。

　　"我不去!"只有法国记者一个人还在坚持。

　　"愿意下去的人先下去吧!"尽管态度坚决,我尽可能让语气显得温和,我走到了法国记者身边。

　　有了台阶下,周围的人如释重负一般松了口气,纷纷回礼拜间收拾行李。

　　"你之前不是说,和我们中国记者在一起比较安全吗?"我想起了昨天晚上他非要和我们待在一起时那副胆小怕死的样子。

　　"我们也准备和大部队一起下去了,我先陪你去看看那个地方怎么样?"我看着他,直觉告诉我他有点不对劲。

　　"哎,我不去啦,你不用劝我了。"他低头回避我的目光。

"你是有什么其他顾虑吗?你看如果大家都过去,你一个人在这边,晚上发生什么事情,我们都不知道。这对你来说不是更危险吗?"我感到万分疑惑,现在这么危险,竟然有人想主动离开集体,还是个看起来这么胆小的人。

法国记者一声不吭,我也静静地待在那里没有挪动半步。仿佛过了一个世纪,他突然抬头看我,卷曲的头发趵趵地扑到了脑门前。"我有幽闭恐惧症。"他的目光里露出一丝恐慌的神色,"你们可不可以不走,留下来陪我?"

我恍然大悟,这才联想起昨天开始他种种怪异的举动。突然间,我感觉自己好像有点能体会他了,面对当下的处境,他有着和我们全然不同的感受。

"你有药吗?这几天还好吧?为什么不早点说呢?"我感到有些惭愧,想做点什么补救。

"有,但是我依然不敢去地下室。"他面露难色。

"没事,那我晚上就陪你在这里待着好了。"我笑着拍拍他的肩膀,做了个保密的手势。

这时候,我的同伴满头大汗地回来了,一听说要把刚刚才搬上来的食物再搬去地下室,他索性一屁股坐在了地上,一边把防弹衣脱了下来,一边大口喘气。休息了没两分钟,他就又被张罗去当"人民的搬运工"了。

但当他搬完所有东西之后,他突然发现,自己的防弹衣不见了。

"你确定你脱在这里了?"

"我确定。我刚刚就是脱在这里的。"他因为给我们制造了麻烦而感到万分懊丧。

一直以来,我们不管吃饭还是睡觉都不敢把防弹衣脱下来,那可是我们的救命稻草,谁也不知道什么时候武装分子就会拿着枪冲进来向我们扫射,这样的场景已经无数次将我们从睡梦中惊醒。

我们几乎要把整家酒店翻个底朝天了。然而就在我们心灰意冷要下楼的时候,一个眼尖的同伴突然喊道:"那个女的! 你快看,她穿的那件不是你的防弹衣吗?"

那是伊朗 PRESS TV 的女记者,那个支持卡扎菲的英国女人。我们都愣住了,不知道该怎么办。丢防弹衣的记者也很尴尬,他想要回他的防弹衣,那可是救命稻草呀。但是在那种情形下,一个男记者很难鼓起勇气去叫一个女记者脱下身上的防弹衣,即便那本来就是他的。而且,我们被围困的 38 名记者里一共只有五名女记者,她又是自己一个人来的,并没有同伴。

"她也许是无心的,并不知道防弹衣是我的。"他竟然开始为她辩解,"是我把它丢在了墙角,是我太粗心了。要不给她穿算了吧。"

"那怎么行呢?!"我们厉声反对。

"这防弹衣本来就是你的,她不应该拿走。她应该在她来的时候带好,她要为自己的行为负责。"

就他一个人没防弹衣穿,我们另外四个人也说不过去,出于这点小私心,我们都劝他把防弹衣要回来。

他沉默了,我们也都沉默了,杵在那儿,一动不动。

终于,另一名同伴打破了僵局,他飞快地走向了那名女记者。他说不了几句英语,比画着终于让她明白了防弹衣是我们的。远远的,我们看到她做了一个惊讶的表情,然后默默地从自己瘦弱的身上脱下防弹衣,整理了一下,交给了他,便神情暗淡地离开了。

另一边,那名丢防弹衣的记者默默从同伴那里接过那件带着体温的防弹衣,沮丧地走了。我们也都沮丧到了极点。

老想死该怎么活

　　我感到有一个魔鬼般的东西悄悄钻入我的灵魂,它将在里面永远地折磨我。战争似乎一下子把我变成了一个冷漠的怪物,一个失去了人类正常感情的人,那时候的我再过四个月才到 25 岁,但是那一瞬间我觉得自己好像变成了一个垂暮的老人。

全世界都在发出同一种声音

"砰！砰！砰！"

"砰砰砰！"

"砰砰砰砰砰！"

震耳欲聋的枪声打破了酒店里脆弱的平静，地板上的灰尘被无情地震到了半空中。

我感到四肢末梢的血液都疯狂涌向了后背脊梁，在我身上激起一阵又一阵鸡皮疙瘩。恐惧吃掉了我所有的心智，让我全身都变得僵硬不堪。但我似乎又感觉在恐惧的最深处隐藏着一丝期盼，期盼这一刻的到来。我们齐刷刷盯着酒店大门的方向。

"快跑！"

"快！他们真是疯了！"

只见路透社的记者和摄像师上气不接下气地向我们跑来。

"怎么了？"

"怎么回事？"

枪声已经停了,除了他俩,我们也没再看见其他人。

阿迪尔弯下腰来大口喘着粗气。

"我们…… 我们……"

"你们怎么了?"

"发生什么了?!"

大家都急不可耐地望着他们。

"我们想硬闯出去,没想到楼顶上有狙击手,我们被一通扫射!"

"简直是疯了!"

"你们没受伤吧?"

"没有! 他们应该只是想阻止我们再往外走,并没有要打死我们的意思。"

"那接下来怎么办?"一些人的目光中还闪烁着一丝希望。

"怎么办? 你说怎么办? 老老实实在酒店待着当人质呗!"

大家的神情再一次暗淡下来。

我们就好像闭着眼睛坐过山车,费劲地向上爬,不知道什么时候就忽然坠入无底的深渊,循环往复。但即便这样,我们依旧渴望着再次向上爬的机会。

"你们昨天发回去的新闻都播了吗?"

"播了。"CNN 的马修说。

"你们的呢?"

"嗯。"

《华尔街日报》《纽约时报》、BBC(英国广播公司)、路透社、美联社这些全世界最知名媒体的记者们都纷纷点头。

"这种情况,应该没有哪家媒体会忽略,我们被困的事实现在应该已经传遍全世界了。"

"是啊,我们 38 个人已经组成了全世界最有影响力的临时媒体联盟,从美国到伊朗,从英国到中国,都在发出同一种声音,这也是前所未有的吧。"有人开始感叹。

这种想法似乎给了我们一点信心。我们默默安慰自己,只要稍加等待,过不了多久,就会有人来救我们,国际社会绝对不会对此坐视不管的。

说不定某一方此刻正在研究营救我们的方案。想到这儿,我突然觉得我们应该给他们提供一点帮助,比如酒店的地图、我们所在的方位什么的,而且还不能给得很明显,否则敌军也会知道我们在酒店里确切的藏身之处。我想起了那些让我拍手叫绝的小说桥段,它们现在竟然发生在了我的眼前,只不过真实的情况比小说更加古怪和匪夷所思。

我决定做一条新闻,带着他们走一遍营救我们的可靠路线。我认真地考虑了种种可能性,最后打定主意以粮食短缺为题,将营救路线隐藏其间。如果最后我们的设备彻底断电,我们和外界失联,那么这将是他们开展行动的重要依据。我就这样说服自己去做些事情,这些我觉得还有意义的事情。

我返回了酒店大门的安检口——自从路透社记者被子弹打回来之后,就没人敢靠近这个位置了。可为按下了录像键,我开始对着镜头说话,我希望能一遍成功,有些瑕疵也无所谓,毕竟摄像机的电也所剩无几了。

"哔!"安检门发出了脆亮的声响。在我穿过去的那一瞬间,我的记忆也随之穿越回了二十几天前我刚到的那一晚,也是"哔"一声,我看到了帮我拿行李的亲切的阿拉伯小哥、热情的酒店前台,还有迎接我的高大帅气的可为,在橘黄色的灯光下,一切都是那么温暖可人。

我怀揣着报道中东、传递战地真相的信念来到这里,却从没想过可能会被永远地留在这里。但是我不可能去想这样的选择究竟值不值得,因为现在想这些显然有些晚了。一切都是本性使然,我现在想尽一切办法求救,也是本性使然。我一点儿也不慌张,我很坦然。至少在真正的危险还没有出现在我眼前的时候,我可以维持这样的坦然。我很高兴我能这样想。

大家都搬到了地下室,连同那个法国记者,他和我说,他不希望我陪着他冒险,想下来试试看,为此他吃了更多的药。我拍拍他的肩膀,让他不要担心。

CNN 制片人朱马娜和《华尔街日报》的记者雷恩在地下室搭起了电影放映室,他们将沙发、椅子排成几排。另外几个男同志也不知从哪里找来了烤架和生肉,开始在旁边烤肉。他们希望能恢复一点正常的生活场景,以缓解大家的紧张情绪。

BBC 的记者安妮还在不停地接打电话,和红十字会、和一切可能的对象联系。

"休息一会儿吧。"雷恩递给安妮一罐饮料,"我们已经做了一切可以做的事情。"

"你们大使馆那边有消息吗?"安妮转头看我。

"他们那边现在也很危险,自身难保。"我摇摇头。

大家聚在地下室看电影,缓解紧张和焦虑

"为什么?"安妮用力地抹了一把脸,长叹一口气。

"什么为什么?"

"我们是记者啊,全世界最牛的媒体记者都在这里。为什么我们集结了全世界最强的媒体资源,却连自己都救不了?"安妮睁大眼睛，顿了一下，转头说，"没什么，看会儿电影吧。"

我深深地理解安妮，我的愤懑一点也不比她少。在这里度过的每天好像都在给我们改变世界的远大理想来一记响亮的耳光，媒体除了能抬高声音喊两下到底有什么用？当我们连自己的命运都改变不了的时候，我们还能奢望去阻止北约的导弹掉下来吗？我们还能奢望老百姓因为我们的存在幸免于难吗？我们即便把这些都原原本本传递出去，又能改变什么呢？除了当政客的传声筒、为政客做广告之外，我们还有什么用呢？

被卡扎菲捡去的那年,他三岁

夜幕再次降临,地下室里只剩下电脑还在发出一些响动,闪烁几缕昏暗的光线。一些人靠着墙角睡着了,一些人呆呆地望着地面发愣,细小的灰尘从暗处满怀希望地飞向光明处,一呼一吸之间,就又被推搡着隐没在了大片黑暗里。世界陷入一片死寂。

我和阿 Dee 走出了地下室,地下室对面就是酒店厨房,占了酒店的一整侧,面积不小。这家酒店当年是用来接待卡扎菲贵宾的,本应热火朝天的厨房,如今却是空空如也,连只耗子都寻不见。

"找点吃的去?"阿 Dee 在我面前晃了晃手里的小手电。

"好。"我眼睛发光,兴奋地点点头,两个饥肠辘辘的饿鬼就这样毫不犹豫地推开了通向厨房的大门。

厨房里黑黢黢的,我们拿着手电照亮前路,沿着各式大型设备小心翼翼地摸索着。走了好远,都一无所获,厨房干净得简直有些过分,台面上光溜溜的啥也没有,柜子里只有些冰冷的厨具安安静静地躺着。正当我们准备放弃的时候,突然摸到了一台大冰箱,我迫不及待地打开门,之后竟然在里面找到了一整包冰冻大虾!尽管因为断电,冷冻室里的冰已经有些化了,大虾也变得软绵绵的,但是温度保持得还可以。阿 Dee 闻了闻大虾,喜出望外,冲着我不停地点头。

我们正要抱着战利品继续往前走,远处突然传来一阵脚步声。我和阿 Dee 吓了一大跳,赶紧关了手电,钻到身边的大冰箱后头躲了起来。

这两天,老有传言说阿齐齐亚兵营和酒店之间有一条地下暗道,卡扎菲随时有可能带着亲信撤退到这里。该不会是碰上了吧?我心想。我又紧张又期待,心忽地一下提到了嗓子眼。

对方也拿着手电,脚步声越来越近,照向我们这儿的白光也随之一点一点靠近。眼见着他就要走到我们跟前,我和阿 Dee 大气都不敢喘一口。我屏住呼吸直到他经过我们眼前,定睛一看,这才认出他是酒店的安保小哥。我仔细瞅瞅,确认他身后再没其他人,这才松了口气。不过他手上那把枪可不长眼,我可不想惊吓到他。于是我便躲在冰箱后面用阿拉伯语吼了一嗓子,表明了我和阿 Dee 的身份。小哥很是惊讶,退了回来,拿手电照了照我们。

"呃,我们只是来找点吃的。"这是我和小哥的头一次正式对话。

"你阿拉伯语说得不错。"小哥的眼睛在黑暗中亮亮的。

"谢谢。"我暗自思忖，没想到多学的一门语言有一天还能成为我的保命符。

"这儿有米，我听说你们亚洲人喜欢吃米。"他领着呆若木鸡的我们继续往前走，还顺手不知从哪里变戏法似的抄出了锅碗瓢盆和调料，"这儿还有点菜，不过有点蔫儿了。"到了灶台跟前，他把这些东西一股脑儿放在了台面上，接着不知道从哪儿抠出一团纸，用打火机点着了丢进灶里，转了转开关。灶台呼一下亮起了一圈橘色的火光，映得我们仨的脸通红。看着他熟练的动作，我万分诧异。

"你怎么会这些？"

"我就是这儿的厨师呀，你以为你们每天早上的自助餐是谁做的？"他的眼睛很大，咧嘴笑的时候还露出了两颗豆瓣大的门牙，"不过现在做不了了，没材料了。"他摆了摆手，表示遗憾。

"呃……那你……这？"我指了指他如今的扮相和手里的枪。

"我们都听赛努西的指挥。"他又露出了他天真的豆瓣牙。

我心里咯噔一下，连厨子都是情报部门的人，那么热情的酒店前台、帅气的服务生、打扫卫生的阿姨恐怕也不会例外。原来从入住的第一天起，我们的一举一动都在被无数双眼睛盯着。若不是到了今天，恐怕我们永远也不会知道这些。

"竟然见到了幕后英雄，谢谢你的早餐，手艺不错。你叫什么名字?"他看起来年轻、坦率,且乐于为别人服务。

"穆罕默德。"说到自己的时候,他显得有些不好意思。

"哎!他那么 nice(友好的,亲切的),我们请他吃港式大虾炒饭好啦。"阿 Dee 一边捯饬食材,一边笑呵呵地在一旁调侃。

"穆罕默德,我同事说想请你尝尝我们中国的港式大虾炒饭。"我笑着给他翻译。

"真的吗?"他露出了孩子般天真快乐的表情。

阿 Dee 已经开始在砧板上切菜了,他摆出了一副五星级酒店大厨的架势,就着灶台的火光,在厨房一阵比画。穆罕默德一句话不说就开始上手淘米、洗菜,把准备好的材料递给阿 Dee。他的眼力好极了,好到完全不需要语言的沟通他就能明白你要什么。

不一会儿,在他的帮助下,一大份热气腾腾的港式大虾炒饭就做好了。

"好吃!好吃!"穆罕默德端着盘子一边吃一边激动地对阿 Dee 竖起了大拇指,他看上去就好像从来没有吃过这么好吃的东西。阿 Dee 似乎被他感染了,也开心得不得了。两个来自地球两端且语言不通的人,就这样围着一份热腾腾的港式大虾炒饭建立起了对彼此的好感。

阿 Dee 和他做的
港式大虾炒饭

我们把珍贵的炒饭分成了几份，小心翼翼地从厨房端了出去，给可为、阿棠和晓峰拿了些，半路还碰到原先住在隔壁的委内瑞拉电视台记者，也给他们分了一些。

酒店的供电短暂地恢复了，尽管我们什么都没干，但是谢天谢地，走廊里的灯还是亮了，这让我们的感觉好了很多。晚饭之后，穆罕默德心满意足地在走廊里席地而坐。我终于可以看清楚他了，他的身形比我之前想象的还要瘦小，看起来应该不会超过20 岁，巴掌大的脸上扑闪着一双大眼睛。

"你看起来年纪好小。"他抬头望着我，摆出一副大人的样子。

"应该比你大一点吧。"我望着眼前这个一本正经的"儿童"，觉得很滑稽。

"我今年 18 岁，你呢？"

"噢，我和你差不多啦。"看着他一脸认真的样子，我忍不住扑咦笑了。

"你才刚成年,怎么就扛枪了? 你会用吗?"我指指他抱着的和他瘦弱的身形极不相称的枪。

"会啊,我三岁就跟着卡扎菲了,他早就教会我了。"他一脸骄傲的样子。

"哇,你是被卡扎菲养大的吗?"我惊讶极了。

"是啊,他对我很好,送我的钻石和珠宝都要堆成山了。"

"哇,真的吗? 那你女朋友一定幸福死了。"

"我没有女朋友。"他顿了一下,"这里的女人都不可信,她们只喜欢钱。"

我很惊讶,18 岁的他竟然有这样的判断。

"你为什么三岁就跟着卡扎菲了?"

"我是个孤儿,卡扎菲把我捡了去的。"

"他是你的养父吗?"

"可以这么说吧,不过我并不是他唯一的养子。"穆罕默德支吾了一下,随后扑闪着大眼睛望着我,"你知道吗,卡扎菲每次吃饭前我都要尝一下,他怕有人下毒。他的饭很多都是我做的,至少也得是我试过的。"

我简直不敢相信我的耳朵,眼前的这个刚成年的小伙子和卡扎菲竟是这样的关系。

"你会害怕吗?"我长久地注视着他的大眼睛,心里不禁生出了怜惜。

"没什么好怕的,为了他,什么都值得。"他的眼神英勇极了,他抿起嘴,合上的嘴唇遮住了那对可爱的豆瓣牙。

"我要去把记者这几天住酒店的房钱都收回来。"穆罕默德有点闲不下来,他拍拍腿准备起身。

"你说什么?"我愣了一下,怀疑自己听错了,酒店管理人员早就已经作鸟兽散,消失很久了。

"我要去收房钱,这家酒店是卡扎菲的产业,我得帮他把房钱收回来交给他。"穆罕默德从地上爬了起来,整了整背后的枪。

我一时竟不知该如何回应,只是突然开始理解眼前的这个孩子。他从懂事起就跟着卡扎菲,谁对他好他就对谁好,简单直接。眼前的一切并不是他主动选择的结果,命运将他卷入了这场战争,他拿起枪的唯一理由不过就是卡扎菲对他有养育之恩。

更叫人唏嘘的是,也许这份养育之恩并不纯粹,或许卡扎菲养育他仅仅是出于需要,而他要付出的却是生命的代价。我突然有点明白他身上那股不属于这个年龄的成熟和眼力是从哪里来的,有点明白他的闲不住。它们源自一种强烈的不安全感,他是个孤儿,他需要不停地依靠做一些事情来证明自己被需要、被爱,证明自己"有用"。

"你不用担心,我会保护你的。卡扎菲是战无不胜的。"穆罕默德认真地看着我说,他的世界是卡扎菲构建的,他也只相信卡扎菲。

"谢谢你穆罕默德,你真好。"我点点头,我并不想去打破他脑海中的世界,我知道,真相对这样一个孩子而言毫无意义。

再见，赛义夫·卡扎菲！

被围困的日子已经进入第三天，记者们横七竖八地靠在走廊墙上，静静地注视着同伴手中的最后一根香烟在淡蓝色的氤氲里一点点熄灭，像是在举行一种仪式。我忽然想到，在不久的将来，我们可能要迎来很多最后一次：打完最后一个电话，喝完最后一口水，吃完最后一点食物。虽然不知道距离那个即将到来的时刻还有多久，但面对命运，我们还有点不服输，我们还在不自量力地还手。

傍晚，我们每个人的手机上都闪出了一条的黎波里电信局群发的消息：

卡扎菲次子赛义夫·卡扎菲已被抓获！

的黎波里获得解放！

利比亚全国过渡委员会

五分钟后，安保小哥穆罕默德跑来说，赛义夫没有被抓，他一会儿就来酒店召开记者会。

　　早在 2011 年 6 月,卡扎菲和他的次子赛义夫就因"反人类"的罪名被国际刑事法院通缉。自那时开始,就再没有人见过他。这两天赛义夫被反对派武装抓了的谣言满天飞,西方媒体故意将谣言放大,国际舆论一边倒地朝着有利于反对派的方向发展。这会儿电信局也被反对派拿下了,通过信息轰炸,他们可以轻而易举地左右老百姓的预期。对卡扎菲政权而言,情况非常不妙。

　　他真的要来吗?我的心脏开始突突跳。

　　他来的目的只有一个:通过我们告诉世界,他没有被抓,政权还在卡扎菲手中。我们是的黎波里现在唯一的消息出口,但对他来说,来酒店开记者会简直就是铤而走险,反对派武装早就遍布酒店周围,静待猎物的出现。

　　他和他的父亲一样,本可以安全地离开这个国家——只需把摇摇欲坠的政权拱手相让。他们其实比谁都清楚,北约战机飞来这里的第一天,这场战争的结局就不会有太大悬念。但是他没有,他选择了殊死相搏。

　　单从这一点来讲,我就想再见他一面。

　　我曾采访过他,2010 年他来中国参加上海世博会,当时的他身着一席白色西装,一副养尊处优的公子哥儿扮相。不仅如此,他还很霸道,因为不满意场馆的设计,自己重新设计和翻修了场馆,硬是在利比亚馆日当天将场馆变成了建筑工地。在这一点上,他的行事风格和他父亲颇有几分相像。赛义夫在西方留过学,能说一口流利的英语,是个工程师,在绘画上也小有成就。那时候的他,眼神锐利,举止优雅,风度翩翩。和我闲聊的时候,他显得和善友爱。

我大概是这里唯一和他交谈过的人。加上这一层,我十分渴望再见他一面。

"大家把防弹衣穿好。"CNN 的安保提醒我们,"他是反对派眼里的大鱼,乱枪不长眼。"

"嗯。"

"好。"

我们选择将大堂作为新闻发布会的场地,毕竟我们还期盼着外面一丝冰冷的月光能够照进来,给拍摄现场补补光。只可惜夜幕降临后,这里毫不给面子地陷入了一片漆黑。

我们摸黑搭起了一张供他发言的桌子,各路记者将摄像机在桌子前一字排开,架好机头灯,又把机头灯全部打开来测试拍摄效果。十几盏机头灯在漆黑的大堂中央奋力发光,光芒却被黑暗轻而易举地吞噬,我们从摄像机显示屏里根本识别不出站在桌子前的人是谁。

我们每个人心里都有预感,这将是个历史性的时刻。

我们不能搞砸。

摄像师们分头去找其他光源,每个人都贡献出了自己的手电,将它们摆在桌子上。我们在黑暗中拼命寻找一切可以将这个黑暗世界照亮的东西,哪怕只有微弱的一点点光。

我们在黑暗中用
烛光围着采访桌

　　所幸,咖啡厅吧台底下的一包蜡烛救了我们,它们被拉上了
"战场"。我们跟跟跄跄地将它们迅速倒出来铺满了整张桌子。
蜡烛被一根根点亮,CNN 的安保拿着打火机的手在颤抖,他迅速
倒换着被烛光烤烫的手,以最快的速度将所有蜡烛点燃。终于,
试镜人的面容在摄像机显示屏上渐渐清晰起来。我们按捺住激
动的心情长吁一口气,在调试完最后一台摄像机的焦点之后,立
即吹灭了这最后的光亮,静待赛义夫的到来。

　　我们奢侈地给自己留了几根蜡烛抵御漆黑的夜,橙色小火苗
天真地摇摆,乖巧地映照出每个人窘迫的脸庞。前途未卜的 38
名记者就这样静静地坐着,酒店大堂高高架起的穹顶让我们恍惚
以为自己正在教堂做祷告。

在黑暗中等待赛
义夫的到来

时间一分一秒流逝，三个多小时过去了，赛义夫依然不见踪影，一些记者失去了耐心，想要回地下室休息。

"拜托你们再等一下，他一定会来。"穆罕默德已经来过三次。

"就算他真的要来，他能安全抵达这里吗？"路透社的记者反驳道，"他现在出现，不是白白送死吗？"

"他说他会来，就一定会来。"穆罕默德望着我们，眼睛很亮。

"外面不都是反对派武装分子吗？"

"他说他会来，就一定会来。拜托你们再等一下，谢谢你们。"

这是穆罕默德第一次和我们说谢谢。

记者们背靠背地坐在地上，已经没有力气说话，大堂里异常安静，大伙儿都陷入了沉思。反对派武装分子应该不知道他要来吧？他会遇到什么状况呢？他会不会已经被抓了？我竖起耳朵，想要第一时间捕捉酒店外的情况,思绪像成千上万只萤火虫在黑夜里不受控制地胡乱飞舞。

阿 Dee 不知从哪儿掏出一小瓶威士忌,呷了一口,递给了我。阿 Dee 居然还私藏了这个!我抿了一小口,浓烈的伴着麦芽香气的酒顺着喉咙滑了下去,真想一醉方休啊,也许醒来就会发现眼下的这一切不过是一场梦。我转而将酒瓶子递给了身边的记者,一瓶威士忌在记者们手中转了一圈,不一会儿就见底了。

就在这时,穆罕默德慌乱地跑进了大堂,打破了寂静:"赛义夫已经在路上,还有两分钟就到酒店!你们快去酒店门口等吧!"

我用力眨了眨眼、甩了甩头,从地上飞快地爬了起来,可为也拿起摄像机就往酒店门口走。穆罕默德追上了我们,和我并排快步往外走,他轻声问道:"赛义夫要带大家去阿齐齐亚兵营,你想上车采访他吗?我可以帮你安排,你可以在路上采访他。"一个历史性时刻的独家采访机会,太诱人了,我简直要抱着穆罕默德哭了。他不知道我有多么渴望再一次和他面对面交谈——这或许是此生最后一次和他面对面的机会。

我转头望向可为,可为断然拒绝:"不行,太危险了。"

一直以来,赛义夫都是卡扎菲最信任和器重的孩子,他的接班人,反对派眼中的"大鱼"。此刻任何靠近赛义夫的人都有可能会有生命危险,虽然从酒店到阿齐齐亚兵营不过几千米,但是谁也不知道路上会发生什么。直觉告诉我,这次的错过将会是永别，我觉得我就要哭出来了，我无比渴望再一次靠近他。但我已经因为一次不听劝，差点造成了无法挽回的损失。此时此刻，我又想起了吉哈德，内心百感交集，我不能再置友人的安危于不顾了。我感到一堵厚厚的墙拦住了我的一切渴望。

赛义夫的车如约出现在了酒店门口。这简直太不可思议了。

记者们一拥而上，争相用镜头记录下了这个历史性的时刻。赛义夫从车上一跃而下，是他没错了！借着机头灯的灯光，我终于看清楚他了，他简直像变了一个人，他的脸上长满了胡子，眼底迸发出了野兽才有的愤怒，他像一个野人一样歇斯底里地呼号，深色 T 恤已经被汗水浸湿，贴在他黝黑的臂膀上。

"来看看吧，拆穿西方国家的谎言！"

"我根本没有被抓，的黎波里都是卡扎菲的支持者！"

"请不要被无耻的西方国家蒙蔽！"

他的咆哮响彻天际。他的愤怒穿过了我们每个人的身体。

我呆呆望着他，一年前那个彬彬有礼和善友爱的绅士去哪儿了？这怎么可能是同一个人？

"走吗?"穆罕默德问我，赛义夫也将目光落到了我身上，我猜想他应该认不出我了，我感到我的身体快要不受控制了，我想象自己跟他上了车，尽管我已经惊讶到问不出来一个问题了。我用我仅存的一点理智回头望了一眼可为，可为摇摇头。于是我回过头来，闭着眼睛，屏住呼吸，冲穆罕默德摇了摇头。

就在我转身的瞬间,路透社的摄像师阿迪尔二话不说就冲上了赛义夫的车,坐在了他的旁边。还没等大家反应过来,赛义夫已经重重关上车门,和后面跟着的两辆车扬长而去。

刚刚过去的几分钟简直像梦一样,没有一个记者不想知道接下来会发生什么,没有一个记者甘心就这样待在酒店里。我们所有人都跳上了酒店的车,跟随赛义夫向阿齐齐亚兵营的方向开去。

在毫无准备的情况下,我们离开了那个"金丝笼子"。

"卡扎菲!卡扎菲!卡扎菲!"

沿途,震耳欲聋的呼号响彻黎波里的夜空,到处都是朝天放枪的利比亚人,枪声密集得就像大年夜的鞭炮声一样。满天繁星也毫不示弱,亮得歇斯底里。车窗前飞过一张张扭曲的面孔,一个个挥舞着的拳头,一把把冰冷骇人的枪,它们排山倒海般地向我扑来。

尽管从酒店开车到阿齐齐亚兵营不过十分钟,但是坐在车里的我们感觉像是过了一个世纪。户外的温度此刻已经超过了 50 摄氏度,我们却因为紧张而感到手脚冰凉。

终于,我们到了阿齐齐亚兵营门口——卡扎菲的大本营。

兵营大门紧闭,但是几束强光却从兵营里面照射出来,勾勒出密密麻麻的人群的轮廓,他们几乎每个人手里都有枪,突突突,突突突,他们不间断地朝天开火,根本不在意子弹是否会掉进密集的人群中。这里已经没有人惜命了。

"卡扎菲！卡扎菲！卡扎菲！"

他们在赛义夫的带领下歇斯底里地齐声怒吼。

我感到这个名字就要将我们吞噬了；我感到此刻全世界都属于这个名字；我感到眼前的赛义夫就像是一匹伤痕累累的狼，带着他的死士，捍卫着他们最后的领地。

我不知道我是怎么做完采访的，我感到我的魂魄已经出离了，我的脑袋已经停止思考，我被四面八方涌来的各式各样的声音和情绪湮没了。

赛义夫会想到有今天吗？

他在奥地利念中学，然后去了伦敦政治经济学院深造，接受了全套西方价值观。他深得卡扎菲喜爱，常常在父亲面前畅所欲言，这直接影响了卡扎菲执政时的路线和政策。弃核的决定，就是在赛义夫的推动下实现的。没有他信誓旦旦的保证，卡扎菲不会轻易将苦心经营二三十年的核计划放弃。

西方媒体曾将赛义夫描述成一位开明、接受过西方民主洗礼的政治家，利比亚的"欧洲人"。他曾在西方媒体圈赢得无数掌声，并深深陶醉其中。

他提出了许多与卡扎菲完全相反的政治改革理念，并制定了笼统又急切的民主路线。而站在他身后的是欧洲和美国的"专家智库"，他们通过这种方式削弱了卡扎菲对利比亚的控制力。

利比亚的政治路线在赛义夫的引导下渐渐跑偏,利比亚开始疏远俄罗斯,又冒犯中国,想完全倒向西方。到了 2009 年卡扎菲意识到了不对,才开始将五儿子穆塔西姆·卡扎菲推向前台,想用保守势力扭转跑偏的路线,想和俄罗斯、中国重修旧好。而这却再一次得罪了美国。

像利比亚这样的国家,在没有足够实力的时候,要扮演一个得罪人的角色,就必须强硬到底,有一种大不了大家一起玩完的气概,否则就要彻底变乖,抹去此前的符号,不再被别国当作是威胁。你要么在心理上震慑住别人,要么就必须给别人一种彻底的安全感,绝不能模棱两可。遗憾的是,卡扎菲没能做到,相反,他将五个联合国安理会常任理事国得罪了个遍。

而这时候,美国的刀已经悄悄架在了他全家的脖子上。

本来在情势危急的时候,卡扎菲还有下台保全自己一家人性命,甚至财产的机会。但他不肯下台,不肯流亡,他藐视利比亚内外的一切敌人,喊他们"臭老鼠"。

一代枭雄,穷途末路。

是赛义夫的错吗？他不过是被西方价值观洗了脑。他可以选择流亡保命,但是他没有;他可以选择不来酒店,反正他即使来酒店开记者会,在国际舆论战场上也不能扳回多少,但是他没有。

此时此刻,面对命运,他在不自量力地还手。

我们又何尝不是呢？

可为把我塞回了车里，在这里多待一点时间，就多一分危险，一个判断失误就可能招来杀身之祸。赛义夫还在原地奋力嘶吼，拥挤的人群、挥舞的手臂、扭动的身体在汽车的后视镜里越变越小，直到成为一个点。这或许就是永别的样子，尽管他可能都不知道他与我有这两次相逢。我呆呆地望着后视镜，泪水模糊了眼睛，我仿佛看到了胖胖的吉哈德、失去爱人的伊萨、躲在墙角的小女孩撒勒玛、背起枪的兹纳提、想要收回酒店房钱的穆罕默德，都在向我挥手道别……

救金鱼

人一旦习惯了头上悬着一把达摩克利斯之剑,就会不由地生出一种大不了被掉下来的剑戳死算了的念头。尽管我还是对阿齐齐亚兵营漫天飞舞的子弹感到后怕,对黑咕隆咚伸手不见五指的酒店感到恐惧,担心落地玻璃窗外的冷枪,可我还是决定回房间床上睡一觉。反正我就是要今朝有酒今朝醉,躺在温柔得要把自己吸进去的席梦思床垫上,起码死而无憾。

对这样新奇危险的想法,小伙伴们纷纷表示赞成。

虽然我们的身体因为紧张过头已经变得轻飘飘、软绵绵的,但我们还是贡献出了最后一点力气,将一个房间的席梦思床垫扶起来,呼哧带喘地搬到另一个房间,让它勇敢地挡在落地玻璃窗前,然后把自己的身体安顿在了另一张席梦思床垫上。我们没敢脱掉防弹衣,尽管在非洲的夏夜里再抱一床"被子"睡觉,早上起来很可能会需要痱子粉。

不过隔着防弹衣,我依然能感觉到席梦思的温柔,软软的被子让这种温柔得到了加成。我心满意足地闭上眼睛,正准备进入梦乡,脑海中却浮现出了刚刚回酒店时瞥见的金鱼缸。它小小的,一直是个不起眼的、不给人添麻烦的存在。它静静地待在酒店前台,只是因为断电,水泵好像几天都不工作了,里面的水有点浑浊。几条小金鱼在我经过的时候,露出了红尾巴,一下就消失在混沌中。

沉重的身体拖住了我这如游丝一般恍惚的念想,想着想着,我进入了梦乡。

我梦见我还是个孩童,跟着爸爸去游乐园捞金鱼。我握着一个小时候花鸟市场里最常见的那种普通渔网,眼睛盯住水池里五颜六色游到东游到西的小金鱼。梦里有水泡眼、狮子头、五花草、高老头,还有蝶尾狮子头。我瞅准了那条尾巴像大扇子一般、头上顶了一顶大红冠的蝶尾狮子头,伸出圆滚滚的小手,准备一击即中。

我用我的小渔网悄无声息地逼近它,就在我准备向上提的那一瞬间,蝶尾狮子头从容地扭了扭腰,不紧不慢地滑出了渔网。我不死心,决定再接再厉。我绕着鱼缸转啊转,小手往水里戳啊戳,但死活就是差那么一点点,捞不上来。我着急得像一只蚂蚱,围着鱼缸跳来跳去,搅得整个鱼缸里的鱼群不得安生,可是蝶尾狮子头还是优雅地扭扭腰,跟着鱼群晃过来晃过去。

就这样过了好久好久,爸爸要拉我走了,可是我的蝶尾狮子头还没捞上来啊。我不肯,他就用蛮力拉我,我的力气好像大如牛,我仿佛把自己定在了原地,他拉不动我。然后我的心里好像生出了一股怨气,好像我捞不上金鱼不是因为我无能,而是因为他拉我,我就这样堂而皇之地将责任推出去了。

正当我还在扑腾挣扎的时候,我听到有个声音在喊我。

"小冯,小冯。"

"小冯,小冯,起来啦。"

可为把我从梦中喊醒了。

橘色的阳光从窗帘缝里偷跑进来,穿透了我的眼皮。隔着紧闭的落地玻璃窗,我的耳朵还能捕捉到远处零星的枪声。可为好像出去和晓峰他们张罗什么事情,屋外有很多人在走动。竟然已经到了早上,我闭着眼睛,知道自己再一次回到了现实。我沮丧极了,不舍得睁眼,还想接着捞那条蝶尾狮子头。我对睡觉的渴望已经完全超越了对枪声的恐惧,我甚至幼稚地认定,只要闭上眼睛就能回到梦乡,回到游乐园。

只是我的脑海中又浮现出了昨晚消失在思绪中的那几条金鱼。好吧,好吧,我还是爬起来去看看吧。

我拿起身边的手机准备先给吉哈德打个电话,昨晚的黎波里的情形着实叫人有点担心。我眯起眼睛,却看到了满屏的阿拉伯语信息:的黎波里已解放。落款是利比亚国民解放军(卡扎菲政权的反对派武装自称为利比亚国民解放军)。这是卡扎菲的反对派自封的称号。

我立刻清醒了，鲤鱼打挺似的爬起来，却因为没掌握好平衡又重重地摔回到床垫，我这才想起来自己身上还绑着七八千克重的防弹衣。

"来，我拉你。"可为突然出现在我面前，伸出右手给我。

"外面现在什么情况？"我边起身边问。

"不清楚，今天早上的枪声好像没有那么密集了，先起来吃点东西吧。"

"嗯。"走出房门，我看到阿 Dee 和阿棠正在调试设备。

"晓峰呢？"

"在阳台上准备连线呢，他的房间一大早被打中了。"阿 Dee 抬头冲我乐，黝黑的皮肤衬得他的牙齿更白了。

"啊？那大佬没事吧？"我睁大了眼睛。蒋晓峰是凤凰卫视的记者，因为在我们被围困的五个中国记者里年纪最大，又从香港过来，所以我喜欢喊他大佬，他也总是摆出一副大佬的严肃架势。

"没事的啦，昨晚睡得还好吧？太阳都晒屁股啦还不起来！"阿 Dee 不紧不慢地调侃。

"呃，都没醒过，真是心大漏风。"我扮了个鬼脸，跑进了晓峰的房间。

"啊，救命啊，反对派打进来啦！"

"啊？！什么？"晓峰在阳台上猫腰背对着我，只见他一下子跳起来,闪电般迅速转身焦急地看着我。

　　"骗你的。"

　　看着他一脸错愕的表情,我扑哧笑出声来。

　　"听说你的房间被打中了,没事吧?"

　　"你自己看看吧。"晓峰一脸严肃的样子,但还是侧过身让我
过去。

　　阳台的地上满是碎玻璃渣子,椅子七零八落地躺在地上。落
地玻璃窗上有一个大窟窿,裂痕像石子掉落水面一样,一圈圈往
外散开。几枚弹片静静地趴在房间里,床头灯以一种尴尬的姿势
躺在地上。

蒋晓峰和阿 Dee
在阳台上做连线

　　"你没事吧? 到底什么情况?"看见满地狼藉,我开始仔细查

看晓峰身上有没有受伤的痕迹。

"我没事，还好我起得早，弹片飞进来的时候不在房间里。"晓峰依然一本正经的样子。

我长吁一口气："反对派可能已经攻下的黎波里了，至少利比亚电信局已经倒戈了。咱们还是别睡在房间里了，不安全。"

"嗯。"他点点头，又去忙着准备连线了。

打过招呼，我一边往大堂走，一边给吉哈德拨电话。

"喂，吉哈德，你怎么样了？"

"我没事，就是有点累。"他的声音有些沙哑。

"你收到电信局推送的消息了吗？"

"收到了，胜利很快就要到来了，伊卜。的黎波里的反对派都已经行动起来了，外围的反对派也要进城和我们会合。"吉哈德在电话里都毫不避讳地承认他是反对派了。

"务必注意安全，你了解酒店周围反对派的情况吗？"我突然意识到他成了一个很重要的消息源。

"阿齐齐亚兵营已经被包围了，我们今天晚上要拿下兵营。反对派的重心应该不在你们那边，你自己多保重，不会等太久了，我们拿下兵营就去酒店。你自己多加小心，不要轻举妄动。"说完，吉哈德就挂断了电话。

一抬头，我望见了大堂门口杵着的穆罕默德，他正在和其他几个酒店的安保聊天，今天就好像任何一天一样平常。可是我分明感觉到自己的心沉了一下,吉哈德平安当然好,但是如果反对派打进来是早晚的事情,穆罕默德要怎么办?

"早安,外面怎么样了?"我试图挤出一个轻松的微笑迎接他。

"伊卜,早啊。今天枪声没那么密集了。"穆罕默德显得挺高兴的,他似乎还不知道发生了什么。或许,我暗自思忖,他们早就和上级失去了联系,只是在执行着最后的那道指令:看着外国记者。

"你们收到短信了吗?"我试探性地问道。

"卡扎菲是战无不胜的,那只不过是反对派在捣鬼。的黎波里的老百姓都支持卡扎菲,他有最忠诚的军队,那些乌合之众根本不可能伤他一分一毫。"一个高个子提高了声音,他认真地看着我,却更像是在试图说服自己。

他们显然收到了短信,但他们选择了视而不见。

酒店入口处,十几天前迎接我的卡扎菲画像还挂在前台。安检门居然有电,人通过的时候它仍旧会发出嘹亮的响声。只是大门口、前台和安检处的那些熟悉面孔已经不见,大堂也因此变得空旷寂寥。我终于走到了前台的鱼缸跟前,三条鱼中的一条已经翻了肚皮,剩下的两条在浑水中挣扎生存。见到此景,我懊丧极了,应该早点动手的,我明明昨晚就看见了。

"你们能帮我个忙吗?"我望着穆罕默德和他的高个子同伴。

"干吗?"穆罕默德说。

"我们帮鱼缸换水吧?"我指指鱼缸。

"啊?"

他睁大眼睛望着我,那表情大概在说,你是在搞笑吗?人都救不了,你还要管鱼?但是我也睁大眼睛看着他,不依不饶地指着那条翻肚皮的鱼。

"你看啊!它俩马上也要死翘翘了!再不换就来不及了!"

望着不依不饶的我,穆罕默德拗不过,只好和高个子小哥把枪放到了地上,开始干活。他们在咖啡厅里找着了几个冰桶,拎着跑去游泳池里打水。他俩的眉宇间开始有了一点笑意,后来一路上嬉戏打闹。卸下了枪,我仿佛看到了两个快乐的小男孩。

我呢,跑去储物间里收集了几个空瓶子和一根橡皮管,没想到爸爸当年养鱼的技能居然还能在这里派上用场。

我指挥高个子小哥把鱼缸搬上了摆花的桌子,徒手勇敢地将那条死鱼捞了出来。随后我把橡皮管的一头放进了鱼缸里,另一头放进嘴里小心翼翼地吸了一口——毕竟水已经开始发臭,而后立即将用嘴吸过的这头塞进了低处的塑料瓶里,虹吸产生压力差,缸里的水开始顺着橡皮管往下流。穆罕默德惊讶地看着整个过程,露出了佩服的神情说:"好神奇。"

抽掉两整瓶废水之后,我将橡皮管拿了出来,把干净水倒进了鱼缸。不一会儿,两条奄奄一息的小金鱼便在清水里逍遥自在地游来游去了。

"人命都要保不住了,还管鱼命。"二楼传来了一声调侃。

我抬起头,才发现原来有一堆记者趴在栏杆上看戏。

"感谢捧场。"我笑着弯了下膝盖,朝他们做了一个谢幕的动作。

穆罕默德高兴极了,完全忽略了他要看守记者的事情,跟其他小伙伴奔走相告他救了小金鱼的故事。

据说,在伊斯兰教流传的故事里,有一个坏人因为喂了一只猫进了天堂。

回房间的路上,我稍稍镇定了一些,穆罕默德不仅没有杀人,还救活了两条小生命,他的真主应当会善待他的。

阿克然穆发来的邮件

离开利比亚的若干个月后,我收到了一封邮件,是后来的反对派士兵发给我的。他说:"伊卜,你还记得我吗?我是你在雷克索斯酒店遇见的阿克然穆。祝你的家人安康,请接受我的尊敬和感激。另外请查收附件,附件照片就是那几条金鱼,它们还好好地活着。"

此生若是错在相逢,求一个善终

"仗打完了你想干什么?"

我拆开了最后一袋威化饼干,递给穆罕默德。

"回卡扎菲身边。"

他伸出手使劲在裤子上擦了擦,轻轻地拿了一小块。

"他总要老的吧? 你还那么小。再往后呢?"

我握住他的手,它们出人意料很粗糙,指腹上还有几处硬硬的老茧。他的手抽动了一下,我能感觉到他的脉管在跳动。我执意将他的手掌摊开,呼啦一下倒了三分之一在他的手心里,他一下子变得坐立难安,使劲抬手,示意我停下。

"他不在了我就陪在他儿子们身边。"他小心翼翼地捧着在他手上堆成山的威化饼干。

"那你怎么讨老婆?"我摆出一副姐姐的架势望着他。

"我不喜欢这里的女人,她们只爱钱。"他摆出了一副桀骜不驯的样子,避开我的目光。

"傻瓜,人生路还长,你一定会遇到喜欢的女孩子。"我突然感觉我的心成了一个装满水的罐子,害怕猛烈地晃动。

"你会一直待在利比亚吗?"他突然转过头来看我,看得我有些不好意思。

"呃……我还会回来的。"我低下头,甜腻的威化塞住了喉咙。

"我觉得你挺好的。"穆罕默德保持了他一贯的简单直接,他的眼神里有暖意,笑容里荡漾着童真。

我盯着明晃晃的地面,试图安静地坐在那里,可是仍旧能感觉到心里的波动。

阿齐齐亚兵营被反对派攻破了,雷恩传来了这个消息。吉哈德说过,反对派打下兵营之后马上就会来酒店,想来,留给我们的时间已经不多了。

"冯,你忙吗?"一声温柔的伦敦音飘了过来。

我抬起头:"马修,怎么了?"

"有个事儿,总部打电话过来,问我借你的摄像机会不会有法律风险。"马修扑闪着一双湖蓝色的眼睛望着我。

"啥?法律风险?什么意思?"我狐疑地望着他。要不是他提,我都快忘了借给他摄像机这回事了。

"他们认为我们是竞争关系。"马修试图向我解释,"总部对你们将设备免费借给我们表示不理解,害怕承担后续的法律风险,叫我们停止使用这台摄像机。"

"你们不是都用了好几天了吗？能有啥法律风险？我们CCTV不会追究你们责任的。"我丈二和尚摸不着头脑。

"之前总部并不知道我们在用你们的设备。"马修很认真地跟我说。

"这都啥时候了，难道传递声音出去对CNN而言不是最重要的吗？"我真是哭笑不得，"所以，如何才能解除你们的担忧？"我只能顺着西方人的逻辑跟他沟通。

"他们可能需要你写一个说明给我，说明你借给我设备不需要CNN承担任何责任。"马修一脸难为情的样子。

"好，你写一个，我来签字。"我摊开双臂，耸了耸肩。

"呃……"马修愣了一下，大概是没有想到我答得这么爽快，"你确定不需要再考虑一下？"

"小命都快没啦，赶紧动用你们CNN这样有影响力的电视台喊人来救命啊！"我做了一个夸张的表情赶他走。

"谢谢你，冯。对了，你的那条片子我们今天滚动播放了一天，总编辑的原话是，很有价值。"

"啊？"

"你做的那条介绍酒店情况的片子，CNN无剪辑打上字幕滚动播放了一整天。"马修补充道。

"不会吧？那条片子全是我在叨叨，一个空镜都没有啊，你们也转？"我一脸不相信的样子。

"真的,反正现在全世界都知道我们记者在酒店内部的具体方位,包括反对派。"马修的一本正经里也透露出一丝担忧。

我拿起手机给吉哈德打电话:"喂,吉哈德,阿齐齐亚兵营被攻破了?"

"是的,不过卡扎菲已经逃跑了。"吉哈德在电话那头喘着粗气。

"现在外面什么情况?反对派会打过来吗?"我非常焦灼。

"反对派占了兵营,政府军都跑了,现在他们还顾不上你们那边,但应该很快就会过去了。"

"可是这边看守我们的政府军还在。"我转头瞟了一眼在大门口坐着发呆的穆罕默德,他看起来毫不知情。

"呃……他们估计和总部失联了。"

"明白,你一定注意安全。"我又望了一眼穆罕默德,刺眼的阳光勾勒出了他年轻的轮廓,我猛然觉得肩头多了一份责任。

"你也是,伊卜,离政府军远一点。"

"嗯。"我赶忙挂了电话,向着穆罕默德走去。

"不要!"远处传来一声尖叫,"你们不要过来!"

我循声望去,心中闪过一丝不祥的预感。

只见一个年长的酒店安保举起枪对着路透社的摄像师欧迈尔,酒店大堂的空气顿时凝固了。

穆罕默德拔腿朝着声音传来的方向跑过去,我也掉头追了过去。只见 CNN 的安保躲在年长的酒店安保身后，正一步步向他逼近，准备偷袭。这时候，穆罕默德朝着 CNN 的安保举起了枪："谁也不许动！"

"你们都是骗子！"年长的酒店安保仿佛在用自己的身体吼叫，对着欧迈尔的枪口随着身体的颤抖上下起伏。

"嘘，安静，安静。"欧迈尔举起双手做投降的动作，试图以此来平复年长的酒店安保的情绪。

"穆罕默德！"我喊了一声。

穆罕默德转过头来，年长的酒店安保慌乱极了，听到声音，枪口也跟着穆罕默德的目光一起指向了我。

我见状立即举起了双手，瞟了一眼欧迈尔："欧迈尔，你快走，别在这儿刺激他们了！穆罕默德，你们先把枪放下！"我死死盯住穆罕默德的眼睛。

欧迈尔是一个健壮的巴勒斯坦人，也是我们被围困的 38 名记者中少数能讲阿拉伯语的，我猜想他把阿齐齐亚兵营被攻破的消息告诉了年长的酒店安保。

欧迈尔并没有挪步。

"快走开，我一个姑娘，他们不会伤害我的。你在这边他们更控制不住情绪，快走！"

欧迈尔眼神游移了一下，一点点向远处退去，这时候其他记者却开始慢慢朝着这里聚集。

"穆罕默德,你把枪先放下,有什么事我们好好说好吗?"我用哀求的眼神望着穆罕默德。

"你先告诉我他刚刚都是在胡说!"年长的酒店安保的身体依然在颤抖,"你们谁也别想出去!"

"我不出去,我们都不出去。穆罕默德,你先放下枪,相信我,我们不可能会伤害你们。"我用目光紧紧抓住穆罕默德的眼睛。穆罕默德眼神闪烁,他呆了几秒,但随即又重新抬起了枪:"卡扎菲让我看着你们,你们不能出去! 你们谁出去我就打谁。"

"我们不出去,穆罕默德! 听着! 我不出去! 我答应你! 你相信我不是吗? 我会陪着你的,好吗?"我几乎用尽了我全身的力气。穆罕默德深邃的眼睛里闪过一丝光亮,宛如寂静夜空里划过的一颗流星,悄无声息,但我却看得明白。他冰冻的神色渐渐缓和,他放下了枪。

这时,CNN 的制片人朱马娜也跑过来了,她是黎巴嫩裔的美国人,会说阿拉伯语。她走到那个年长的酒店安保身边,拉他到台阶边坐下。"卡扎菲跑了。阿齐齐亚兵营被打下来了。的黎波里是反对派的天下了,他们马上就要来这里了。这些,都是真的。"我望着他们俩,目光中不敢带一丝犹疑。

"不可能,伊卜,卡扎菲是战无不胜的。"穆罕默德不停地摇头,"我以为你和他们西方人不一样。"

"穆罕默德,我知道这对你来说很难,但是留给我们的时间已经不多了，你必须要用最短的时间接受现实，然后想办法和我们一起出去。"我试图让他看着我，"你们几个根本不可能打得过反对派，外面已经没有援兵了，你现在只能听我的，跟我走。"穆罕默德的眼神里溢出了一丝愤恨，他避开了我的目光，不言不语，神色变得冷峻起来。

那边，朱马娜说服了年长的酒店安保给自己家人打电话，用家人的话来印证我们所言非虚。自从媒体局离开酒店，这几名酒店安保几乎和我们 38 名记者一样寸步未离酒店。

我们几个会讲阿拉伯语的女记者说服年长的酒店安保给家人打电话，认清现实

"穆罕默德，你们应该已经和上级失去了联系。"我试图和他沟通。

穆罕默德依然沉默。

"反对派很快就会过来，你们很快就会变成困兽。我们只有趁他们还没来,抓紧时间,才有机会一起离开这里。"我试图使出浑身解数。

"我不相信!卡扎菲拥有最广泛的支持者,我们那么爱戴他,那群乌合之众,怎么可能?!"穆罕默德朝着我咆哮。

但是很快,他刹住了车,放缓了语气。

"他们都认识我,如果是真的,那我不会活着出去的。"他依然没有看我。

"我为什么要骗你,穆罕默德?这场战争跟我没有任何关系。我只是一个记者,我不是间谍,没有任何政治目的。我完全不在意谁输谁赢,卡扎菲掌权或是倒台,跟我没有关系。我在意的,只有我关心的人是否安全——穆罕默德,你的安危,你听懂了吗?请你放我们离开,跟我们走吧。"

另一边,年长的酒店安保猛地从台阶上站了起来,踱了几步,又坐了下去。说到情急之处他又站了起来,而后又重重地栽了回去。突然之间,咣当一声,电话从他的手中滑落在地,他开始掩面抽泣,然后开始号啕大哭,泪水吧嗒吧嗒从他涨红了的脸庞上掉下来。我仿佛看到了他内心世界的坍塌,那个卡扎菲给他们营造的强大的、战无不胜的世界。

欧迈尔接过他手中的枪,将子弹一颗颗退出了枪膛。咣当一下,他把没有子弹的枪摔到了地上,一切杂音仿佛被抽走了一般,只剩下枪和地面撞击发出的清脆的声响在耳边回荡。

"我不会走的,你们想走就走吧。"穆罕默德的声音轻极了,他呆呆地望着年长的酒店安保,一动不动,紧握着枪的手指已经发白。

"不行,你得跟我们一起走,从现在起,你是我的线人。"我无所畏惧地望着他。

"我不会走的,我得替卡扎菲看好他的财产。"穆罕默德面无表情,他的手指在颤抖。

"穆罕默德!"我感到一块大石头压在了我的胸口,压得我喘不上气来。世界仿佛静止了一般。

终于,他转过头来,努力挤出笑容望着我,但他颤抖的声音却毫不留情地出卖了他:"伊卜,外面对我来说,太大了。"

"没有什么是值得付出生命的,穆罕默德。"我觉得自己就要抓不住他了。

他并没有回应我,转身走开了。

"穆罕默德!"他是守护者,给身边的人踏实安稳的感觉,却不会让人轻易察觉,你只会觉得他的声音里有暖意,笑容里藏着天真。丰沛的感情浸润着他,使他柔软敏感,但他的感情又是极其克制的,他也不懂如何用言语表达感情。他像守护一盏灯一样,小心翼翼,勇敢坚定。如果一个人的灵魂有颜色的话,他的一定是透明的,干净简单。这样的人,将来一定会是个好丈夫,好爸爸。

"冯,现在我们出去唯一的阻碍就是房顶上的狙击手了。"朱马娜叫住了我,"我已经和酒店的工作人员(包括安保们)说好了,我们会带他们一起出去,避开反对派的人,然后他们就各自回家。"

"好,谢谢你朱马娜,我们分头联系红十字会和大使馆的车来接我们吧。给房顶上的人传递出我们是非武装人员的信号,再加上他们的同伴和我们在一起,军人不比街头混混,应该还是有些职业素养的,你觉得呢?"

"只能这样了。"朱马娜起身去找雷恩联系红十字会。围观的记者开始通知其余人收拾东西,准备随时撤退。我找到了可为、晓峰、阿 Dee 和阿棠,简单收拾了一下东西,穿好防弹衣,戴好头盔,将自己全副武装起来。

"各位记者注意了!"雷恩在大堂招呼大家,"红十字会一会儿就会派车来接我们,但是车辆有限,为了能让所有人一起撤退,我们必须丢弃行李,各位记者请相互转告一下! 各位记者,酒店房顶上还有狙击手,我们要以最快的速度上车离开酒店!"

38 名记者在酒店大堂聚集起来,大家无一例外地把行李丢下了。朱马娜张罗大家清点人数,确保每个人都在。

"对不起。"雷恩招呼我和朱马娜过去,"我们有将近 40 名记者,红十字会的人说那些酒店的工作人员可能装不下了。"

"不行! 必须一起走! 外面都是反对派武装,他们不可能自己活着出去。"朱马娜坚持道。

"各位记者，外面都是反对派武装，酒店的工作人员不可能在没有红十字会和我们掩护的情况下安全离开酒店，请大家将摄像机也丢下，为他们在车里腾出一点空间！感谢大家！"已经没有时间了，我们转头就向人群的方向喊去。

摄像师们听罢，二话不说纷纷行动起来。可为留了一台小的数码摄像机在身上，把大设备扛回了一楼房间，找了一个隐蔽的地方藏了起来。

我在大堂焦急地等着，酒店的工作人员都已经稍做伪装站到了记者们的中间，只是迟迟未见穆罕默德。

酒店大门口，刺眼的阳光长驱直入，融化了大堂地面的花纹。

不像其他酒店工作人员，他们走出酒店有家人在等待，今生至此，穆罕默德的世界只有卡扎菲和他的儿子们。没有他们的世界，他该何去何从？可是我没有足够的时间陪他将往事一件件理顺，我也没有能力让他明白，一厢情愿的忠诚换回的不过是一个一定会辜负他的结局。他应该跟我们走，重新开始他的人生。

我说我会陪着他的，可现在，我连他的人都找不到了。

很快，我们听到了酒店外停车的声音，紧接着，就传来了雷恩的声音："同志们，车来了！大家快走吧！"

听到指令，大伙儿小步快跑着穿过酒店大堂到了门外，一个接一个上车。

"小冯，我们快走吧。"可为拍拍我的肩膀。

CNN 制片人朱
马娜

我朝身后望去,祈祷能够看见他的身影,然而空荡荡的走廊里只有寂寥。

"快走吧,前面已经没人了。"我只得跟着可为他们往外走。

"伊卜!"

我立刻停住了脚步,转过身,漆黑的走廊尽头出现了一个身影:"穆罕默德! 快! 我们一起走吧!"

穆罕默德朝我的方向走了几步,走到一半却停住了脚步,他冲我笑了笑,又挥挥手。

"穆罕默德! 走! 快! 来不及了! 快跟我走!"

穆罕默德静静地站在原地,没有挪步。他举起手,用食指指了指头顶上方。然后他再一次转身,消失在了走廊的尽头。

红十字会的车已经发动了,房顶上也传来了几声枪响,可为二话不说拉着我就往外走。

红十字会派车来
接记者们

　　阳光热烈，走出酒店，我仿佛失明了一般，只看得见明晃晃的白，阳光刺痛了我的眼睛。我已经不记得我是怎么离开那里的，我只记得我脑海中一遍又一遍地、机械地重复着穆罕默德最后指天的那个动作。

　　有些人的出现，是为了给别人的世界打开一扇门，照亮一条通道。穆罕默德在那个幽闭黑暗的地下厨房里，领着我和阿 Dee 寻找我们要用的食材和工具，减少了我们在这个没有一丝光亮的封闭空间里的恐惧和辛苦。然而我却没有能力将他带出那个笼罩着他的黑暗空间，为他照亮一条通道，让他的人生得以继续前行。他才 18 岁，还没谈过恋爱，没养过小孩，没去过这个世界的其他地方，他的人生还没有真正开始。

　　在这样一个颠倒错乱的世界里，洁白的真相和黑暗的阴影交错显现。吉哈德、穆罕默德,他们宛如春天湖面吹过的一缕清风,连冰雪都能消融,世界因为有这样的人存在才显得可亲可爱。可世界哪有那么温柔,世界运转的规则不是这样的,它一定要分出一个你死我活,一个政府军,一个反对派,一方给另一方立好了坟冢。

善恶无定论，千秋怎落墨

太阳西斜，一缕余晖长驱直入穿过车窗玻璃，照旧炙热，烫得年长的酒店安保的脸通红。车开了，孤云被风赶着跑，终于挡住了烫人的日光，隐没了他脸上两行泪。车里的人都不同程度地淌了些眼泪，纷纷揉着眼睛。

车沿着大路向前开，没开出 1000 米，一个急停，所有人都毫无防备地朝前靠过去。司机师傅拉了手刹，摇下窗，向外探出半个头。

"出来啦？太好了！都是记者，都是记者，真主至大，你们放心走吧！"

听声音耳熟，我隔着玻璃定睛一看，竟是伊萨，他咧嘴笑，挥舞着枪向我们招手。他头上裹了头巾，藏起了原来的斯文劲儿。我大吃一惊，伊萨不是原来卡扎菲政府媒体局的人吗？先前他还跟我讲，因为政见不和，老婆都跑了，怎么摇身一变，成了反对派武装，带一众小弟把守关卡了？

"让他们走!"

他朝旁边几个小年轻吼道,目光却隔着玻璃落在年长的酒店安保身上。

年长的酒店安保看到伊萨也吃了一惊,四目相接犹如电光石火一般,年长的酒店安保避闪不及,眼睛就这么望着,仿佛不信伊萨的头巾上竟会印着红黑绿三色旗,直到过了许久才反应过来,车已开出老远,自己也安全过了关。伊萨终究没有拆穿他的身份,放了他一条生路。

持枪的伊萨成了
反对派民兵,看
到我们能出来他
很高兴

外面的一切都变得混沌不明。因为仓促,来不及精描细画,那些曾经书写对卡扎菲如何忠贞不贰的灰墙被胡乱涂黑,千万个"卡扎菲"被潦草掩藏。这还不够,就在"卡扎菲"身旁,歪歪扭扭地写着"利比亚重生""革命万岁"的字样,这些字更大,一定比涂黑的地方大一圈。这大概是一种强调的手法,用来彰显世人的态度——以前的都错了,现在才是对的。绿旗再也无法锋芒毕露了,呼一下人间蒸发了,好像这世界它从未来过。红黑绿三色旗大摇大摆地长在了每栋楼房的窗户上、阳台上。

土灰建筑一栋栋朝后跑去,年长的酒店安保叹了口气。

"你下一步怎么打算?"我问。

"最善变的莫过于人心。"他抬起头来看我,"乱世里,人人为了自保,不知道还会干出多少肮脏事,我不想再看到这些事情了,伊卜。"

年长的酒店安保神色暗淡,眸子里透出一丝寒意。

"你好不容易跑出来,要好好活着。"我抓了抓他的肩膀。

"伊卜,我胆小怕死,还有妻儿。我打算带他们离开这儿。""去哪儿?""去村里吧,离开的黎波里。当个农民,种种橄榄,如果运气够好的话。"他双手拂面,收起一脸愁容,提了提气。

我眼前又浮现出了穆罕默德的面庞和伴随他的那家漆黑的酒店,眼窝子里收不住了泪,他又将如何收场?

车窗外,反对派武装分子正爬上高处摘掉卡扎菲的巨型画像,摘不下来的,就用喷漆在上面画个大大的叉。那原本是属于百万人"挺卡"大游行的画像。街边的人朝着我们高呼"革命万岁",用的力气就像当初百万人"挺卡"大游行的时候一样多。就像这街头一夜间撤下的卡扎菲画像一样,在不久的将来,这件事的说法或许也只会有一种，那就是"卡扎菲荼毒百姓，罪无可赦，他的倒台是民心所向，是民主对独裁的胜利"。掌舵利比亚近半个世纪，功过是非皆成灰，善恶谁定夺？一代枭雄，天命际会，也终究难违。

车又停住了，前面有中国人在喊——是中国大使馆的人，他们一早就在那里等着了。尽管早在 2011 年 2 月，利比亚的撤侨行动就已经开始，但是大使馆并没有撤空，参赞和秘书一直都在守着我们这些在战乱中逆行的中国人。我们五名中国记者匆匆下了红十字会的车，转移到大使馆车上，司机一路狂飙朝大使馆的方向奔去——还有什么比这更让人感到庆幸呢？我们大概是的黎波里唯一还有组织可以投奔的记者了。

"喂，我们被大使馆接走了，跟你报个平安，你那儿怎么样了？"我给吉哈德打电话。

"阿齐齐亚兵营被攻下了，但是没见到卡扎菲，头儿下令追踪，决不能让他跑了。"电话那头的吉哈德呼哧带喘，战斗对他而言远没有结束。

我嗅到了一丝要赶尽杀绝的味道。也不难理解。毕竟卡扎菲旧部众多，随时都有可能东山再起；毕竟反对派的一点点优势都是北约给的，并不牢靠。

"你们都没事吧？"大使馆参赞为我们开了大使馆的大门，一同出来的还有一条活泼的大狗，它摇着尾巴绕着我们闻了一圈。

"没事没事，多谢参赞。"大伙儿终于松了一口气。

大使馆院子里的草木长得繁盛；一只小鸟在树梢上叽叽喳喳蹦来跳去；阳光穿过叶片的缝隙溜进院子，慵懒地打在躺椅上……此情此景蓦地叫人心中一颤，没有了枪炮声的小院，美好得让人不敢久看。

走进大使馆，馆内的陈设甚是简陋，客厅沙发和地毯花色老旧，都像是 20 世纪的老物，朴素但庄严。拖着疲惫的身躯，我们五个人管不了那么多礼数，三下五除二地脱下了头盔和防弹衣，瘫倒在沙发上。

我们终于得救了，我决心洗个澡，以表庆祝。阿 Dee 当然是到处找酒精，决定一醉方休。死里逃生的人大概都能一下子习得厚颜无耻的本领，他一开口，大使馆便把茅台贡献给了我们。

人生如梦，赶紧胡闹。

不过胡闹前还要把连线做完，将的黎波里被反动派占领和我们得救的消息传遍五湖四海，我们毕竟是职业记者。

大使馆给我们搬来五张床垫，摆在客厅地上，好在是夏天，不需要什么被褥，几条床单就能解决问题。虽不如酒店设备周全，但大使馆好歹是中国人的地盘，我们睡起来舒坦。我们感到了前所未有的安全。

就这样，我们在大使馆窝了几天，也不知道是离交战区更近了还是怎么，的黎波里夜晚的枪声似乎有增无减。参赞一刻不停地帮着我们和来自中国华为技术有限公司的几名员工策划进一步撤退的路线。终于有消息，利突口岸好像通了，我们商量来商量去，决定走陆路。但在此之前，我们还有一件事情要做：回酒店，拿落下的设备。另外，当然还要满足我的一点私心。

一大清早，台里派来的英国安保等在了大使馆门口，他负责护送我们过去。

街上依旧没什么人，路面上时不时有武装皮卡驶过，身着迷彩服的小哥站在车斗里，一脚踩在高起的车沿上。他手握机枪，迎着风，头巾飘呀飘的，威武雄壮。建筑物上密密麻麻的弹孔诉说着连日来战斗的野蛮和惨烈，卡扎菲的肖像和名字一个也没有再看到。眼前的一切和记忆中的那个的黎波里完全对应不上，仿佛我们去了一个从来未曾到过的世界。

经过门卫的盘查，我们的车子缓缓驶入酒店。

下了车，酒店大堂门口的士兵阿克然木拦住了我们，他是反对派武装分子。

"我们是中国记者，前两天离开的时候没拿拍摄设备，我们进去拿了就走。"我试图和士兵沟通。

"你们先在门口等一下吧。"他拦住了我们，面无表情地走进酒店。

透过大门玻璃，我隐约看见了原先前台挂着的那幅卡扎菲像，它和一些杂物一起，静静地散落在地上。看样子，我们走了以后，这里应该是经历了扫荡。

"你们进去吧，但是请快一点。"士兵出来了，他的面孔依旧拘着，没有起一丝波澜。

"嗯。"我们走进了这个熟悉的地方，安检设备依然还在，咖啡厅还在，走廊尽头记者们挂的白布还在，金鱼缸，还有里面的鱼，桩桩件件都在原地。

"你们来的时候这里还有政府军和酒店工作人员在吗？"我禁不住打探穆罕默德的下落。

"我不知道，我是后来被安排过来看守酒店的，之前的事情并不清楚。"士兵冷冷地回答。

刚升起的念想之火吧嗒一下被掐灭了，我呆呆地站在穆罕默德最后徘徊的地方发愣。

"我们能进去第一间看看吗？"可为指了指发言人易卜拉欣的房间，他的房门被打开了。

"可以。"小哥点点头。

多少次，我们记者曾守在这扇紧闭的房门之外围追堵截，探听虚实消息，想象着门里易卜拉欣的生活场景。我们走了进去，房间和我们原先住的并没有什么不同，只是里面的家具摆设都挪了位置，腾出了一些储藏资料和办公会客的空间。床旁有一张小桌，上面散落着一些手稿，椅子横倒在地，书柜被翻过，里面的书包括《古兰经》都横七竖八地躺在了地上。

还有印着他名字的奖状,那是卡扎菲政府给予他的嘉奖和荣誉,他都没有带走。

当利比亚人争先恐后地离开这个战乱国家的时候,他放弃了伦敦优渥的生活,带着妻子还有不满一岁的孩子来到这里,举家过着日复一日单调乏味却又荆棘丛生的生活。如果历史由卡扎菲政权来书写的话,他可能和英雄并无二致。但现如今,他逃亡且不知所踪,不会再有人记得他做出的牺牲。大家可能还会记得他,但那也是因为在卡扎菲的耻辱柱上有他的名字。

两天后,我们终于接到了总部的指令,要和大使馆一起从陆路撤离的黎波里。

北非的天空,蓝得深不见底。天上的云跟着我们的车稳稳地快跑,它一挡住刺眼的太阳,我便细细地盯着窗户外面,想把眼前飘过的一切都抓进脑袋里,放好,留住。"空你七哇!"沿路,拿着枪械的小伙子们兴奋地朝我们挥手呼喊。"砰!砰!砰!"他们边笑边闹,手舞足蹈,肆意朝天鸣枪,好像喝醉了一样。他们看上去和之前那些政府军并没有什么不同,身形精瘦,皮肤黝黑,天真狂放,只不过手腕上、肩膀上、脑袋上都绑上了红黑绿旗。我又想起了穆罕默德,但他的样貌好像开始有点模糊了。

"你好,我们是中国记者。"

经过长途跋涉,我们终于在夜幕降临之前抵达了利突口岸。

"你好!"

持枪小哥将头探进车里,眼睛眯成一条缝,四下张望。我将护照递给他,他一边嚼着口香糖一边接过护照,翻来覆去地看,腮帮子一鼓一鼓的。"你们是中国来的?"他将护照还给了我。

"是的。"

"走吧,不用敲章了,新章还没做好!"小哥咧嘴露出一口白牙,拍拍车盖,"百分百?"

"百分百。"我终于扑哧笑了,点点头,重复了一遍。

一模一样的话,政府军也对我说过。

我有一个野生的愿望

　　我回到了北京,喝了啤酒,吃了烤串。人笑我笑,人愁我愁,都是些鸡毛蒜皮的小事,倒也依旧聊得热烈,爱得真切,过得一本正经。北风吹过,霓虹闪烁,我走过车水马龙的街道,钻进破败不堪的地下道。那里睡着的衣衫褴褛的人依旧有遮蔽之物,而在世界的另一头——我脑海中又不由自主地浮现出了穆罕默德的样子——他们却要丢掉性命。我长吁一口气,决定对利比亚发生的一切闭口不谈,对那三个字充耳不闻,仿佛之前的一切从来没有发生过。

　　我就像完成了一趟时空旅行,现在又回到了我再熟悉不过的世界,继续日复一日的生活。我本就是个胸无大志的人,连北京都觉得大,觉得自己总有一天会回无锡过柴米油盐的小日子。闲时运河边走走,梅雨季淋一淋雨,看看书,写写字。如果能有个院子简直就更完美了,能满足一下我侍花弄草的小心思。这大概是小时候被爷爷娇惯的,那时的我每天看着在他手底下默默生长的树木、偷偷绽放的花朵,心里就能感到莫名的舒服和安宁。想到这里,我的后背冒出了一阵冷汗。那些中东的回忆与眼前的繁华、幼时宁静的生活形成了反差,这样的反差是何等的巨大与残酷。我需要一个能够过滤掉这一切的筛子。但我不能忘记穆罕默德、吉哈德、兹纳提,那些曾和我一起睁大眼睛等待死亡降临的人,我不能忘记那段与他们生死与共的岁月,我的记忆已经牢牢依附在了我的生命里。

"砰"的一声,老妈关上了冰箱门。我不可遏制地闭上眼睛,捂住耳朵,心脏突突突地蹦到了嗓子眼,以至于我感到胸口有些疼。

"吃饭了!"

我睁开了眼睛,依旧没有反应过来发生了什么。我感到自己突然被惊吓到了。我走到餐桌前,注视着桌子,上面摆着热腾腾的饭菜,红黄白绿,萝卜青菜,热热闹闹地挤在一起,充满生机。这是我此刻生命的写照,这样的日子宝贵而难得,我郑重地举起了筷子。至于一些阴差阳错的经历,一些阴差阳错的缘分,一口吞掉,全都忘记就最好了。

只是,短短两个月后,卡扎菲的消息再一次将我的视线拉回了中东。他死了。没有人预料到他会死得那么迅猛,那么惨烈。

2011 年 10 月 20 日,在北约对利比亚空袭的掩护下,一群反对派武装分子在苏尔特的一根废弃下水管道中抓住了卡扎菲,他们朝他的头部和腹部连环射击,致使他当场毙命。卡扎菲终年 69

岁。在难辨真假的模糊视频里，暴怒的反对派民兵们朝着他疯狂地啐口水，踩踏他的尸体，现场就好像在进行一场末日的狂欢。一代枭雄就此落幕。

这一天是"倒卡派"的大日子。

"利比亚迎来了民主的新生！"电视里滚动着醒目的红色标题，广场上人头攒动，人们手里挥舞着红黑绿旗，嘶吼呐喊。多么似曾相识的景象。

时任法国总统的尼古拉·萨科齐说："利比亚人民万岁！"时任英国首相的戴维·卡梅伦祝贺道："你们摆脱了独裁者的统治！"时任美国总统的奥巴马恭喜道："你们赢得了革命的胜利！"

一切都来得这么迅速和彻底，新闻里充满了革命军的英雄故事，却再没有人听见曾经百万"挺卡派"的声响。

难忘的利比亚与
那里的人民

　　秋天到了,冷空气扑面,北京的天很高,日头落得也早,红彤彤的光线斜斜地铺在窗棂。我边浇花边看新闻,看到熟悉的绿色广场改名换姓,看到荧幕右下角一闪而过的模糊的黑点,心里还是禁不住一颤,那是广场边的那家书店。我想起了吉哈德,他希望看到的一天终于来了,他们亲手为自己所憎恶的卡扎菲时代画上了句点。他会感到欣慰和快乐吗?

　　卡扎菲倒台后一个月,吉哈德传来了婚讯,就像所有对新世界满怀希冀的年轻人一样,这大概是他们迎接新生活最好的方式。但利比亚的局势却在一刻不停地朝着反方向前行——卡扎菲下台,利比亚陷入一片混乱:军火库不断遭到洗劫,大量的重型武器落到了各色人等手中;地方割据,不明武装分子趁火打劫;人们再也不敢随便上街了,大家只是安慰彼此说,"会好的,会好的"。

　　吉哈德退出了他的兄弟连。打死卡扎菲,他们是头功,和他一起的兄弟们觉得,利比亚过渡政府里得有他们的位置。他们有人、有枪、有功,凭什么不争。他们不仅不肯上缴武器,还要扩充武装人员,继续打仗。吉哈德站出来坚定地反对,和他们大吵了一架,彼时生死相依的战友朝夕间反目。吉哈德是乱世中的君子,在权力争斗和国家安危面前,他选择了保全国家。乱世厮杀,他坚守着没有被权力和金钱污染、没有被乱枪摧毁的赤子之心,只是像他这样的人,除了黯然离场,根本做不了什么。

　　转眼间,北京从深秋走到寒冬,远离了那个地方,我原以为可以解开心灵的羁绊。只是中东就像是一位故人，不知何时何地就会走出来撩拨我的心弦。叙利亚又乱了，巴沙尔·阿萨德可能会遭遇和卡扎菲同样的下场，是不是又有千千万万个穆罕默德要卷入其间？谁又会在意他们的命运？北京冬天的夜晚凉如水，我站在窗台边朝西望去，月色朦胧，苍穹如墨，群山矗立在纷繁世界的尽头。我的眼前又浮现出了穆罕默德，他的样貌已经模糊，但他在黑暗中闪光的身影却印刻在我脑海中挥之不去。

杳无音讯的故人

208

　　我不知道那些充满了怨恨的人会不会饶恕他,也许他们只会将他的过去看作是一个必须被追究的错误。可总有一天,人们会明白,战争的痛苦从来都是不分你我、不分国界和不分语言的。人们应该知道,这种苦难随时随地都有可能降临在自己头上。如果有一天,战争降临了,习惯了现世安稳的我们又该何去何从呢?推翻了独裁政权,老百姓真的就可以迎来盼望已久的生活吗? 又或者,从头到尾,那些抛头颅洒热血的人不过是被更有权势者利用和牺牲的对象。

　　我最终还是决定继续上路。谁不是脚踩香蕉皮,滑着滑着就遇到了一些难以割舍的人和事,生出了一个在青石板路上踩雨时从未想过的野生的愿望。

　　在 2012 年的夏天,我再次踏上了这片涵盖了 20 多个国家的广袤土地,正式开始了我的中东记者生涯,去记录那些我难以割舍的人和事,去实现那个我从未想过的野生的愿望。就在这时,又一起黑天鹅事件将我和利比亚绑在了一起。2012 年 9 月,美国驻利比亚大使史蒂文森遇袭身亡。一名帮助解放班加西的美国外交官数月后死于这座城市的居民之手,没有什么比这更悲剧更讽刺的了。

当薄脸皮遇上班加西的"9·11"

美国大使遇刺，是几十年难遇的事情。

更让人跌破眼镜的是，按照西方媒体的说法，美国人帮利比亚推翻了独裁统治，实现了民主，利比亚老百姓不感恩戴德也就罢了，短短几个月，竟然把美国大使给杀掉了。

我倒没有像老美一样跌破眼镜。美国总是会在自定义的真理中为自己的骄横找到重大理由，但同样的，也总是会忽视骄横所需要付出的代价。太阳底下没什么新鲜事，稍微对中东熟悉一点的人都清楚，阿拉伯人对美国人有着天生的戒备心。在老百姓眼里，扮演救世主的角色，多是老美一厢情愿。老百姓也很清楚，在中东这片土地上，美国真正感兴趣的是属于他们的利益，而不是什么实现民主自由。利比亚过渡政府和美国之间不过是相互利用的关系罢了。但我没想到的是，光天化日之下，他们竟然直接把大使给杀了。这么大的事情，利比亚过渡政府怎么面对？它连同美国政府一起，连这点安保力量都没有吗？利比亚现在到底怎么了？

"老冯！你来一下，站长叫你！"办公室走廊尽头传来一阵急匆匆的呼喊。

"噢，来了！"我正盘腿坐在工位上慢悠悠地刷新闻，听罢慌忙从椅子上跳起来穿上鞋。

"韵娴，美国大使遇袭身亡的事情你知道了吧？非洲分台那边的利比亚签证办不下来，你和张宇办了签证尽快去班加西吧。" CCTV中东中心站的王铁刚王站长伏在办公桌前，身子往前倾了倾，他抬头望着我，表情严肃认真。

"啊？好，没问题！"我正使劲把左脚往鞋里塞，好叫那只被踩塌的鞋的后跟自己竖起来。我还没反应过来事情的来龙去脉，恍惚间听见了利比亚几个字，就应了下来。

哪有这样的事情？想什么来什么。

能再一次去利比亚，我自然是高兴的，但是此刻的班加西已经成了极度危险的地区，这叫我感到不安。

卡扎菲政府被推翻一年后的班加西，并没有建立一个利比亚人当年所期盼的民主、自由的新世界，相反，它成了一个乱到连政府军都不敢管的地方，聚集了多个恐怖组织的分支武装力量。一年前为了推翻卡扎菲政权，大量美国武器流入了各色"倒卡"武装手中，如今他们各自为政，成分极为复杂，目的也各不相同。在不断遭到武装袭击的压力下，各国驻班加西人员开始相继撤离，不到一年的时间,除了美国驻班加西领事馆外,各国领事馆几乎已经全数关闭。

简单地说,踏上那片土地,你根本搞不清谁是谁,也没有人能为你的安全负责。

"老冯,你在班加西有认识的人吗?"摄像师张宇也接到了任务。

"没有。"我耸耸肩。

"我们从来都没有部署过那里,那里连一个线人都没有,现在还那么乱,咋办?"他的眉眼里露出一丝担忧。

"没事,我会想办法的。"

我嘴上安慰着同伴,心中却暗暗发愁。虽说都是在利比亚,但和的黎波里不同,班加西过去是反对派"倒卡"武装的大本营,我们对那边的政治生态和环境都相当陌生。想通过网站订酒店,却发现缤客(Booking.com)上竟然搜不出一家班加西的酒店。打开谷歌地图,也只找到了市中心寥寥几条环线的名称,根本无法定位建筑物。那里像是被互联网世界遗弃了一般,找不到任何能指导行动的可靠信息。

我就像一个要冲向一片蛮荒之地的瞎子,无知无畏地和张宇一起飞向了班加西。

班加西民用机场的规模很小,没有廊桥,下飞机后在地面上走几步就能到航站楼。航站楼相当简陋,密密麻麻的弹孔彰显着它多舛的经历,但它却依旧乐观硬朗地矗立在那里维持着最基本的运转。为了不引人注目,我包上了头巾,和张宇排队过关。

摄像师张宇

整个班加西机场前不着村后不着店,缺乏最基本的设施,更不要奢望有出租车在门口排队。

正发愁怎么去市区,排在张宇后面一个包头巾的女生用英文和我们打招呼:"你们是 CCTV 的?"

"呃……是啊,你是?"我狐疑地转过头,她的目光也正从张宇摄像机包上贴的 CCTV logo 上转过来。

"我是半岛电视台的记者,从多哈过来。"抬头间,一缕金色的刘海从她头巾里钻了出来,她可能是个西方人,面目清秀,嘴角微微漾起一抹清甜的笑意,和环境形成了强烈反差。

"幸会,我们从迪拜过来。你是为了美国大使的事吗?"

"是的。"

"就你自己?"

"对,我们有本地雇员在这里接应。"

我简直就像哥伦布发现新大陆一样喜出望外,有救了!虽然想一秒钟也不耽搁地冲过去寻求帮助,却碍于面子,迟迟不敢启齿。我感到我的薄脸皮正成为我求生的最大阻碍。好在我同样也清楚,机会就像空中飘零的花朵,转瞬即逝——前面再过一个人我就要办过关手续了。

"我有个不情之请,我们是第一次来这里,对这里的情况非常不熟悉,不知道你方不方便载我们一程?"我终于鼓足勇气,飞快地将堵在我脑壳里的想法朝她和盘托出,然后就微笑着眨巴眼睛望着她。

"可以,没问题,你们要去哪里?"她竟然爽快地答应了。

"就去你要去的酒店。"我简直感动得要哭了。

天可怜见,因为她的出现,我们一下子就解决了交通和住宿两个问题。

我和张宇跟着金发女郎跳上了拉风的吉普车,向班加西市区进发。车子里没冷气,一侧的车窗关不上,50 摄氏度的热风呼呼往里灌,刮得人头晕。我却丝毫不埋怨这恶劣的天气,心底像是触电了一般,感到莫名的温热。我记起了一年前从利突口岸往的黎波里去的光景,相似的天气,相似的城市面貌,相似的要仰仗陌生人善意的境遇。唯一不同的是,沿路报废的坦克、皮卡和满地垃圾已经与这座城市融为一体,小孩子们毫无畏惧地在上面爬上爬下,玩耍嬉戏。

"我们酒店已经订满了,现在只剩下一个房间。"前台小哥哥露出了天真友善的笑容。

"什么?那这附近还有别的酒店吗?"我心里咯噔一下。

"我不太清楚,不过班加西能给外国人住的酒店很少。今天是周五,哪里都不开门,主麻日(伊斯兰教教众举行宗教仪式的固定时间,一般是每周五)下午街上会有游行,比较乱,建议你们不要乱跑。"他语重心长地规劝。

"我们是 CCTV 的记者,来这里做报道,无论如何还请帮忙再找一间房给我们。"我眼睛一动不动地望着前台小哥,仿佛要把他钉在墙壁上,脸皮是什么东西,早就抛到九霄云外去了。"呃……"他犹豫了一下,"要不您先在旁边休息一下,我尽力。"说着小哥将头埋进了电脑屏幕里。

"能借用一下酒店电话吗?打利比亚国内。"我越发得寸进尺。

"可以,请用吧,小姐。"小哥依然彬彬有礼。

"你好,吉哈德,我到班加西了。"我拨通了远在的黎波里的吉哈德的电话。

"一切还顺利吗?"

"不太顺利,酒店的房间还没订好。今天周五,哪里都不开门,我需要买本地电话卡接上网络。"虽然早有心理准备,但面前的障碍一个接一个,一想到离采访这件事情还隔着九九八十一难,我就感到有些沮丧。

"我已经联系上我在班加西的朋友,他叫哈里德,是大学老师。他前段时间刚处理完移民德国的事情,这几天暑期放假正好没什么事,可以给你们做线人。我把他电话给你,你快和他联系吧,看看能不能帮到你们。"

"真的吗? 太好啦! 谢谢你,吉哈德!"我的眼里又燃起了火苗,简直就是神助攻! 眼下这光景,能找到一个靠谱的当地人给我们指路已经是万幸的事情了。

哈里德接到我的电话,十几分钟后就到了酒店。他看上去30来岁的样子,身形纤瘦,脑袋有点秃,皮肤比一般的利比亚人要白皙很多,有着传统知识分子的柔弱气质。

"你好,哈里德。我们是 CCTV 的记者,为了美国大使的事情而来。我们想雇一个临时线人,主要工作是为我们找到采访对象和采访地点,按天支付报酬。只是……"我稍稍停顿了一下,"我们可能会去一些危险的地方,你是吉哈德的朋友,我希望你能先有一个心理预期,再做决定。"机关枪一样噼里啪啦地说完,我便不再讲话了。我安静地坐在那里一本正经地望着哈里德——这根眼前唯一的救命稻草,心提到了嗓子眼。

只见他先是搓了搓手,青筋在他纤细白皙的手背上跳了跳,而后若有所思地搓了搓鼻子,最后他缓缓抬起头说:"对不起,伊卜,我没有干过这一行,不知道能在多大程度上帮到你们。"他墨绿色的眼珠子好像微微闪了一下,"但我会尽我所能,来之前,我打听了一下美国领事馆的大概位置,如果你们不介意的话,我可以先开车带你们去那里看看。"

"这正是我们想的。我们走!"望着眼前这个略带羞涩的秃头老师,我心中的一块大石头终于落了地。

"小姐,我为您找到了另外一间房。"正在这时,前台小哥正笑吟吟地望着我。"天哪,真的吗?真是太感谢你了!"我心里简直乐开了花,如果有上帝的话,我现在就想亲他一口。

美国大使被刺前后

人的表现有时候会出乎自己的意料，比如在过分紧张和受到惊吓的时候，头脑的一部分就会脱离现实，人会变得十分沉着。这一点，一年前我在的黎波里被围困的时候，就深有体会。

周五中午的街道空旷得吓人，即使我在头脑中不停地盘算该通过什么渠道寻找采访对象，下一秒还是会禁不住想到我们三个在大街上被武装人员突袭、遇到自杀式炸弹或是被劫持当人质的情景。我只希望我们不要在大街上瞎晃悠，能尽快抵达目的地——尽管，那是美国大使刚刚遇难的地方，也谈不上有多安全。

哈里德车开得飞快，车子被扬起的烟尘包围，它们像日食一样遮蔽了太阳。街头偶尔闪过几个人影，也好像地狱里的幽灵一般。我们跟着他穿过了几片相似的民宅区，在一个灰秃秃的大宅子前停了下来。

远远望去，除了门口的两辆警车和几个持枪士兵，这栋宅子和周围的民宅并无什么明显不同。凑近一看，宅子大门紧闭，外围墙有一半被烧焦,另一半上面喷上了几个看上去想要重新定义这栋建筑却于事无补的阿拉伯语单词:私宅,贾迈勒·巴沙里的别墅。

"这就是美国驻班加西领事馆?"我疑惑地望着哈里德。"十有八九,看样子应该是美国人临时租用的办公地点,房东真是倒霉。"哈里德在住宅门口的马路斜对面停了车,他利索地拉起手刹,转头望我。

哈里德穿了一件天蓝色的格子衬衫,衣服很衬他白皙的皮肤,他干净柔弱,一脸书生气。这样美好的气质,我真的很难指望他能在班加西这种鬼地方为我们开疆拓土。

"去看看吗,我的女士?"他的声音和他的身形一样纤细。

"嗯。"我已经做好了自力更生的心理准备。

"你在这边先拍一点空镜,万一我们进不去,至少还有画面可以用。千万低调。"我佝偻着腰,压低嗓音,斜眼瞅了瞅门口的持枪士兵,又转头望向摄像师张宇,好像地下党接头一样。

"去吧,我知道。"张宇身材魁梧,却长着一张娃娃脸。我转头一看,他一脸天真地望着我,圆圆的身体缩在车后座,摄像机已经调成了等待拍摄状态,话筒和备用电池也放在了座椅旁边。我顿时觉得自己的嘱托有些多余。

下了车,我像一阵风似的冲在前面,谁知哈里德悄悄迈开他的大长腿三两步就轻松超过了我,他优雅地径直走向士兵:"你好,你们辛苦了,那么热的天!"

一通阿拉伯人式的寒暄之后,哈里德直奔主题:"她是 CCTV 的记者,远道而来,想进去看一看案发现场。拜托你们了。"他有礼有节,一副知识分子手无寸铁人畜无害的样子。

士兵的眼神里立刻透露出了警觉。

"哦,这是我的记者证。"我马上配合哈里德,从包里掏出了阿联酋签发的记者证,把印有阿拉伯语的那一面递给了他。

领事馆门口的士兵 20 岁出头,身材魁梧,他用粗壮的手指拿起我的记者证翻来覆去地看。大概是刚到岗不久,不知道该拿我们这群不速之客怎么办,神情显得有些紧张犹豫。

"你看啊,兄弟,他们千里迢迢飞越半个地球来到这儿,很不容易。从中国啊! 先知穆罕默德都说,'求学哪怕远在中国'。先知都说远啊。他们就进去一下,很快就出来。兄弟,拜托了。"哈里德直直地立在他跟前,摆出了一副人民教师要和他摆事实讲道理的架势。

黝黑魁梧的士兵虽然拿着枪,但他说不过斯文纤弱的哈里德,他上下打量了我一番,终于松了口:"那你们快点出来,将军刚去送利比亚国民议会的官员,一会儿就回来了。"

"好!"我心中暗喜,赶忙跑回去叫张宇。

就这样,我脑海中预演的千难万险一样都没发生,哈里德就带着我和摄像师走进了领事馆的院子。

院子里一片狼藉,火灾留下了大片大片焦黑色的痕迹。那天的火势应当很猛,以至于门口车库里的汽车烧得只剩下钢筋轮廓。房屋的门已经不见了,所有的木材仿佛都化成了灰烬。那灰时时被风扬起,有几片固执地抓着黑乎乎的墙,摇摇晃晃,不肯撒手。台阶上靠着一个悼唁用的花圈,上面写着利比亚国民议会。

事发后美国驻班
加西领事馆门口

我们忐心怀惊惧,拾级而上。屋子里的情况更是惨不忍睹,水晶灯从屋顶砸了下来,满地瓦砾,家具已被烧得辨认不出形状。令人窒息的黑色包围着我们,我们一步步往里走,仿佛还有什么骇人的东西在前面等着。

"快出来！这里禁止拍摄！"身后传来一声喊叫。

我转过身，只见一个身形瘦弱的士兵气喘吁吁地跑进来。

"前面是大使的遇害现场，请不要再往里走了！"他在我们旁边站定。

"好的。"我点点头朝里瞟了眼，"你们是哪个旅的？"我想给张宇争取更多的拍摄时间。

"2 月 17 日烈士旅。"士兵看起来还算友好。

"那天晚上你在吗？"我试探性地问他。

"我们是后来才到的。"他对我并没有什么戒备心。

"到底发生了什么，能和我们详细说说吗？"

哈里德不知从哪里掏出了个笔记本开始煞有介事地记录，他看上去很快就进入了状况。

小士兵点点头："嗯，那天晚上冲过来几十名武装人员，他们先往院子里投手榴弹，然后冲进领事馆向里面一通扫射，最后一把火烧了这里。"他用夸张的手势向我们比画，"大火烧了整个晚上，滚滚浓烟遮蔽了半个天空，整个街区被大火照得好像白天一样。"

2 月 17 日烈士旅是美国在班加西的盟友，但是当晚领事馆遭袭的时候，他们并没能及时赶到。

"你们没有在领事馆安排士兵吗？"我很疑惑。

"出事的时候只有四名士兵在领事馆内，他们看见几十名恐怖分子扛着迫击炮和重机枪朝领事馆冲过来,就都吓跑了。"小士兵耸耸肩。

我们跟随他朝屋外走去,环顾四周,整个领事馆都是低矮的建筑,没有任何高地,连围墙都没有加筑过。我的疑惑更深了,中东地区的美国驻地哪里不是被里三层外三层的防爆墙围住?伊拉克的美国大使馆有3000多人,里面都有自己的电厂、水厂,简直就是一座独立的城镇堡垒。

"领事馆里除了四个士兵,就没人保护大使了?"哈里德插了一句。

"加上大使一共就八个美国人。"

这样的安保力量,任何一场有预谋的袭击都会让里面的人必死无疑。

怎么会这样呢?

很多时候,只有最后集中爆发的灾难才能使潜流浮现,引起大众关注。但这往往又容易导致一种倾向,即将原因简单地归结为它的起源和成分,比如穆斯林好战斗狠,和西方国家有不共戴天的仇恨。然而,这种谬误会导致人们在寻找事件真相时误入歧途,在做新闻判断时得出一个虽能自圆其说,但着实有害的结论。

现实的情况,远比想象的复杂。

包括奥巴马政府在内的许多人都认为,这次袭击是因为反伊斯兰电影《穆斯林的无知》激起了当地居民的愤怒,群众游行升级成了袭击领事馆事件。还有一些人，怀疑是基地组织所为。在这里找几个憎恶美国的利比亚人得出一个能够自圆其说的结论还是很容易的，我的新闻报道任务也很快就可以完成，但事情真的那么简单吗？

关于大使的死因，也是众说纷纭。

"他是被浓烟呛死的，他的身上没有伤痕。"士兵很肯定地说。

"那……"

"请你们出去吧！和案件无关的人不得随意进入现场干扰取证。"放我们进来的士兵突然跑进来，打断了我们的采访。

"噢，好的，马上。"我点点头，眼角的余光瞥见了刚到门口的长官。

出去的时候，领事馆大门已经被贴上了封条，长官在门口挡住了后来的记者。

"你以前做过记者吗？"我边走边好奇地望着哈里德。

"没有啊。"他还在完善他笔记本上的笔记。

"你问的问题还蛮一针见血的。"

"是吗？我看书上都是这么写记者的。"他诚实得有些迂腐。

"谢谢你直接带我们过来了，否则现在被拦在外面的就是我们了。"眼前这个纤弱的老师突然给了我一种强有力的稳定感，不是大山给予的那种稳定感，他像一股深山里静静流淌的泉水，毫不起眼却可以依赖。

他一愣，抓了抓他的秃头，反倒变得有些不好意思："你还有什么地方想去吗？"

虽然拍到了最紧要的画面，但是我心中的疑团却越来越大。不管这是一起偶发事件还是早有预谋，美国政府在班加西的行为看上去都有些反常。班加西到底在经历什么？我依旧毫无头绪。

顶着 50 摄氏度的高温，我打算在领事馆附近碰碰运气。一连几位被拦住的路人都摆摆手加快步伐朝前走，丝毫都没有要停留的意思。正当我蹲在墙角思忖下一步该怎么办的时候，哈里德突然满头大汗不知从哪里领了一个妇人到我跟前：她是大使的邻居，两家就隔着一堵墙。

"这是便携式火箭筒的头，当时飞进了我们的院子。"

妇人 50 来岁，包着淡粉色头巾，她从草地上捡起了一个形状怪异的金属递给我。她家的院子很大，院子一侧种着几棵柠檬树，满院子的花开得正盛，应当是得到了女主人很好的照料。

"当时就我和儿子两个人在家，我们都受了惊吓，躲在房子里，担心火势会蔓延过来。我们当时就预感这是冲着史蒂文森来的，他很可能要遭遇大麻烦了。"

妇人虽然上了年纪，但是穿着得体，举止优雅，思路清晰，年轻时应该是个聪慧的美人。

"我们整晚都没睡，炮弹一个接一个地往下掉，打枪的声音持续了好几个小时。"妇人的语气镇静，但眼中还是闪过了一丝惊恐,"简直不敢相信会发生这样的事情。"

"你可以看看这个,这是我当时拍的视频。"妇人有一个十几岁的儿子名叫穆吉卜,他拿出了手机,"那天晚上,武装分子走以后,我就跟着周围的邻居们一起进了领事馆。"

画面黑黢黢的,手机手电筒发出的微弱光芒勉强能勾勒出人群的轮廓,画面从头到尾都在剧烈抖动。

"我们忽然听到一声尖叫,就冲了过去。卫生间里,我们发现有个人躺在地上昏迷不醒。对,就是这里。"穆吉卜将播放进度条往前拉了一段,画面又重复了一遍,"他就是美国大使史蒂文森,我们几个人一起把他送去了医院,只可惜已经来不及了。"

"你确定这就是他吗?"我指着那个画面中只露出半条腿的人。

"我确定,他还来我们家做过客的,他的阿拉伯语和你一样好。"穆吉卜非常肯定地点点头,"当时领事馆里一个人也没有了,我们到的时候,卫生间的门是紧锁的,从里边和外边都打不开。我们是从小窗户里把他抬出来的。"

"你如果需要这段视频,我可以从他那里拷贝。"哈里德轻轻插了一句。

"好的,谢谢。"我瞥了眼哈里德,迂腐和机敏两种特性竟在他身上结合得那么巧妙自然。

穆吉卜接着打开了他的脸书主页,一边翻一边告诉我,其实早在 9 月 11 日前,就有人在脸书上说,那天要在班加西美国领事馆门前组织示威游行。但他不明白的是,史蒂文森明知会有反美游行,事发当天下午,他还从的黎波里返回了班加西,领事馆也没有采取任何防护措施。

"史蒂文森是个好人,他为利比亚的解放做了很多事情。"妇人叹了口气,"但是我不明白,美国领事馆为什么一点戒备心都没有,前段时间已经有一位英国外交官差点遇难了。"

"没想到连这个区域都不安全了,去年打得最厉害的时候,也不至于是这样的。以为熬一熬就能过去的。"妇人揪掉了柠檬树上的一片坏叶子,怜爱地查看着院子里每棵植物,"如果情况再不好转,我们恐怕也待不下去了。"

"嗯,你们千万多保重,万分感谢你们的接待。时间不早了,我们得先走了。"我突然想起,周五的主麻礼拜快结束了,这时候往往容易出大事。

"嗯,有需要随时找我们,希望可以早日将凶手绳之以法。最重要的是,你们千万不要误会,我们穆斯林可不像西方社会固有印象中的那样,杀害大使绝对不是一个正派的穆斯林所为。"妇人边说边送我们出门,"班加西现在真是太乱了,你们也要多小心。"

"他们应该是利比亚的大户人家,这一片都是富人聚居区。"一出门,哈里德就和我讲。

"嗯,我们先回去吧。都下午了,你们俩还没吃午饭呢,我们先去找点吃的喂饱你们。"我笑眯眯地望着哈里德。

"啊？好的。"不到半天，哈里德已经进入了废寝忘食的工作状态。

"万物非主，唯有真主！"

"美国！把你们的手从利比亚身上拿开！"

"美国！停止你们的狗屁言论！"

远处，几声震天的呼号吸引了我们的目光。我们抬起头，看到一群清一色膀大腰粗的男性正向我们走来，他们个个都留着大胡子，身穿长袍。几面黑色的旗帜从人群里时不时地钻出来，慢慢地，我看清了上面的字：万物非主，唯有真主。

天啊！这不是美国头号敌人基地组织的旗帜吗？噢，不不不，底下还多了一排小字：伊斯兰教法虔信者民兵组织。

"这……大白天？他们是…… 这难道是合法的？"我看看另一边还在旁若无人走来走去的政府军，转头睁大眼睛望着哈里德。

他摊开双手，依旧淡定地说："是啊，他们在班加西挺有势力的，我们要去采访他们吗？"

我收起了快要掉下来的下巴说："当然不采，还等什么，快跑！"

赢的人都输了

"武装分子对美国领事馆的情况了如指掌，但领事馆却毫无防备，你不觉得有点奇怪吗哈里德？这并不像美国惯常的做法。"我叉起一大块地中海烤鱼塞到嘴里。

"史蒂文森大概没有料到会发生这样的事。"哈里德用纸巾慢条斯理地擦干刚洗过的手，分给我一份沙拉，"他2011年3月就来了，带着援助物资和资金过来，会讲阿拉伯语，很快就和利比亚全国过渡委员会打成了一片。班加西这个地方对他是相当友好的。"

"友好？怎么可能呢？刚刚我们看见的那可是美国的死对头基地组织的旗帜啊？"我停住嘴，睁大眼睛望向哈里德。

"基地组织也是利比亚全国过渡委员会其中的一员，他们应该从一开始就有接触吧。"面对一桌菜肴，哈里德并不着急，他双手轻轻搭在刀叉上，耐心向我解释。

"我没听错吧？"一大块鱼肉像被捏紧的海绵一样卡在我的喉

咙里,我简直要发不出声音了。

"基地组织在班加西势力不小,起初利比亚全国过渡委员会里有他们的一席之地,美国看样子也并不反对。"他耸耸肩,"现在的利比亚过渡政府主要由旧王族、反对部落贵族、富商、反对派财团、政府卸任官员和少数基地组织成员组成。"

听到这里,我脑海中顿时一片空白。

哈里德见我没有再追问,便开始用餐了。哈里德的衬衫熨得很平,但左手袖口处磨出了明显的毛边,他似乎并不介意,用优雅的动作保持着应有的体面。

许久,我才回过神来,这时候哈里德已经吃完放下了刀叉。"听吉哈德说你要去德国?"

"嗯,我要带我的妻儿移民,德国的政策还可以,如果能顺利到那儿,我们应该可以留下来。"

"革命刚结束你却要走了? 我听说偷渡的成本很高,风险也大。"

"我不偷渡,我申请去德国的大学留学,希望能有好消息吧。利比亚,怎么说呢,我希望它能好起来。仗虽然打完了,利比亚的局势却依然乱糟糟的,你也看到了,短时间内很难稳定下来发展经济。"哈里德叹了口气。

我点点头:"既然可以走,你为啥不一开始打仗就走呢?"

"一年前,我们中的大多数还对战后重建抱有很大期望,想着自己能为这个国家干点事。目前的混乱局面是大家始料未及的，我已经没有什么选择了，大学老师的工资本来就不高，加上通胀，生活状况一直在恶化，短时间里也看不到头。为了妻儿，这是我目前唯一的选择。"他顿了一下，"不过我还会回来的。"

哈里德抬起头，神色凝固，墨绿色的眼珠子里藏着一抹忧伤。他望向窗外，地中海湛蓝的海水望不到尽头，那看不见的地方，就是欧洲。

从某种意义上说，哈里德还算是幸运的，他还有机会重新选择，其他人呢？

午饭后，我们本打算沿着海边走走，却赶巧撞上了一支反民兵游行队伍。还没喘上口气，张宇再一次进入了工作状态。

"他们中随便谁都能说自己是警察，是来维持治安的！"一个包头巾的妇人扯着嗓子，愤怒的情绪像山洪暴发一样扑向我们的镜头。

"都结束了！他们的使命已经结束了，我们现在只要一支正规的军队！"她眼里沁着泪水，仿佛经受了长久的忍耐，"他们占着公共建筑不走，就因为他们手里有武器！"

"出于我们对他们的爱护，我们希望他们从学校来就回学校去！从工厂来就回工厂去！从医院来就回医院去！"她试图在镜头前尽量保有理智和体面，说完话，便急匆匆地在人群里寻找自己的孩子们。

班加西的游行
队伍

哈里德轻轻地叹了口气。

热烈的阳光穿过厚厚的云层长驱直入地中海,光线纵身一跃钻进海里,向下急速冲刺,最终消失在了深深的蓝里,海水依然深不见底。利比亚成立了多少民兵组织,没有人能说清楚。自从卡扎菲政权被推翻,他们便开始了相互间的争斗。面对街头巷尾的枪战,老百姓陷入了更深层的恐慌。民兵们分散驻扎在班加西的学校、卡扎菲武器库等公共建筑里,拿着政府发放的俸禄。其中一些执行政府的安保任务,而大多数则处在所谓的待命状态。

哈里德决定带我们去一个废旧电厂,那是一个登记了 2000多名民兵的据点。

他很快就驶出了城区,在一条荒无人烟的路上疾驰。道路前方黄沙漫天,看不见尽头。我恍惚感到时空仿佛扭曲了一样,好像穿过这片迷雾,等待我们的将是另一个世界。

不知过了多长时间,哈里德开始减速,迷雾中,我看到了两个踱步的身影,那是守在正门口的两名持枪民兵。

哈里德和民兵寒暄了几句,领着我们进了门。

"你们好!"洪亮的声音从一个魁梧的身体里冲了出来。

"这是津坦烈士旅高级军官伊德里斯,我爸爸的朋友。"哈里德依旧不紧不慢。

"您好!我叫伊卜,是 CCTV 的记者。"我礼貌地和他握手。

伊德里斯的指腹布满了老茧,握起来坚强有力。他蓄着大胡子,身着绿色迷彩服,袖子随意卷到了手肘处。白净的哈里德矮了他一个头,站在他身边显得小鸟依人。

"欢迎你们!"他转头示意手下给我们准备咖啡。

我选了一个窗边的位置坐下,朝厂里面张望了半天:"这里有2000 多名民兵驻扎吗?"

伊德里斯翻着手边的本子说道:"2321 名,准确地说。"

"他们都在这儿?"我一脸狐疑。

"有几个,他们现在轮岗驻守,你看不到那么多人的。"伊德里斯慢条斯理地啜了一口咖啡。

"老百姓好像对民兵组织有意见,希望解散民兵组织,你怎么看?"我斜眼瞟了一眼哈里德,试探性地问道。

"哈哈哈哈!"伊德里斯的笑声穿过门堂直冲云霄,"他们太天真了! 都是一些感性多过理性的妇人之言。如果我们把武器全部上缴了,那城市的安全由谁来保证? 没有!"伊德里斯粗壮的手指在空中划过一道有力的弧线之后急速刹住,目光中闪过一丝冷峻。

利比亚过渡政府当初规定,任何人只要能证明他参与过反卡扎菲的战斗,就可以被登记成民兵,获得俸禄。伊德里斯手里这份名册上的士兵,每人每月都能收到近 800 美元的政府俸禄,而他,掌握着这里一切的人财物。

伊德里斯意气风发的样子叫我想起了当年重修上海世博会利比亚馆的赛义夫。一席白色西装端坐在沙发,脸庞干净,每个动作都坚定有力,那时的他,看上去拥有着一个牢不可破的世界,日月星辰都围着他转。又有谁会想到,短短一年的时间,山河巨变。

眼前的伊德里斯眯着眼气定神闲地望着我们,我也望着他,脑海中盘旋着的却是一个和此情此景毫不相干也问不出口的问题:不知道他是不是已经准备好进入这场权力的游戏,同其他武装组织一起进入无止境的纷争,接受血雨腥风的洗礼和成者王败者寇的结局,又或者,他已经没有选择了。

班加西危机四伏,哈里德说,早前利比亚全国过渡委员会已经进行过很多次尝试,试图将班加西的民兵组织整编进利比亚的军队系统。但是由于没有一张成熟的路线图,加上各派系民兵组织意识形态和诉求迥异,最后这些尝试都以失败告终。更要命的是,利比亚全国过渡委员会和之后过渡政府的力不从心给了基地组织等极端武装力量可乘之机。

短短几天时间,一个像我这样手上没有任何资源的记者都能够了解这些情况,更何况是美国大使?面对这样的局面,他怎么会如此掉以轻心?班加西到底发生了什么?这显然不是一起如奥巴马政府所说的那样,因示威游行升级导致的偶发性事件。

"我希望你能一切顺利,哈里德。"一周后,我和张宇踏上了归途,班加西的局势急速恶化,出于安全上的考量,我们很快就被CCTV中东中心站召回了。尽管哈里德使出了浑身解数,带我走访了许多军人、官员、百姓,但谁都无法给这个疑团找到可靠的解释,没有人知道事情的全貌究竟是什么样的。

"嗯,下次再见还在利比亚!"哈里德用力地点点头。

尽管我们都明白,眼下的利比亚正在急速下坠,比过去任何时候都快。但我们依然希望,有一天我们能在这里看到老百姓安居乐业,幸福生活。

历史的真相就像影视剧里的警察一样,总是到得太迟。

三年后,在班加西袭击事件调查委员会对希拉里·克林顿发起的听证会上,真相才开始逐渐浮出水面。

令人大跌眼镜的是,在班加西攻击事件发生前数月,美国情报体系便已搜集到大量证据,这些证据表明班加西越来越危险,而且发动针对外交人员的大规模攻击活动的可能性也不断在升高。虽然这份情报曾广泛地于情报网络中流传,国务院的重要官员亦知悉此事,但却没有相应地加强班加西的治安管理力度,也没撤离该地的外交人员。

当时,时任美国安全官的艾瑞克·诺斯通曾两度要求加强班加西的安保,但都遭到了拒绝。根据诺斯通的说法,当时的国务院官员夏琳·蓝波希望将班加西的维安人员数量维持在"不自然的少量"。

这一切都是因为希拉里所领导的国务院希望在班加西保持低调。

事发后,希拉里的态度也颇耐人寻味,她一再改口。起初她还表达了愿为治安管理上的疏漏负责,且对未加强治安管理力度一事表示后悔。然而,她在 2013 年 1 月参与国会听证会前的证词,却改口称班加西领事馆的治安管理决定与自己无关,也一直避开将这起事件定性为有策划的恐怖袭击。直到 2014 年,美国驻班加西大使遇袭身亡事件发生后的第四年,美方才终于指认有基地组织背景的安萨尔旅策划了这起事件,并将其列入恐怖组织名单。

"他们不希望外界知道他们支持利比亚温和的反对派武装,甚至是基地组织,给他们输送武器。他们认为自己已经搞定了这些人,但这只是他们一厢情愿罢了。"哈里德后来向我回忆说,"过去他们有共同的敌人卡扎菲,所以相安无事,但是当这个共同的敌人被消灭以后,美国和基地组织之间的关系就发生了变化,美国没有意识到这一点。这大概是他们最大的疏漏,也是希拉里不断更改说辞最终想掩饰的事实。"

而就在希拉里遭到质询的同年,利比亚境内爆发第二次内战,"伊拉克和大叙利亚伊斯兰国"(以下简称"伊斯兰国"),也就是大家熟知的 ISIS 乘虚而入,利比亚各地军阀割据,多方混战,百姓死伤无数。直到此刻,卡扎菲政府已经被推翻了整整七年时间,利比亚仍然是世界上最危险和混乱的国家之一。

"美国穿着雨鞋走进了中东,把这里搅了个稀巴烂,回到自己家里,脱掉雨鞋就像什么也没有发生过。"在一张阿拉伯语的报纸上,我看到了这句话。

2016 年 1 月 9 日,袭击事件发生后的第五年,希拉里"邮件门"事件揭开了美国军事干涉利比亚内战的真相:石油和黄金。希拉里的电子邮件证实,利比亚石油产量较高是西方干预利比亚内站的重要原因。想想看,非洲有那么多被所谓的独裁者统治的国家,但西方并没有干预。哪些需要干预、哪些不需要,人们一开始就被奥巴马政府误导了。此外,邮件还称,卡扎菲执政时,欲借本国的黄金储备创建一个泛非货币体系,与全球现行的美元系统相对抗。

在希拉里邮件被公开的同时,英国前首相托尼·布莱尔和卡扎菲的通话记录也首次公开。卡扎菲曾预言说,如果自己丢掉政权,恐怖组织未来将在中东崛起。时至今日,卡扎菲的预言已然成真。

2011 年 2 月 25 日,布莱尔曾两次给卡扎菲打电话。

当天上午 11 点 15 分,两人第一次通电话,通话持续了大约一个小时。卡扎菲告诉布莱尔,反对派的背后势力是基地组织恐怖分子,这些人当时正试图控制北非的海岸线。卡扎菲说:"恐怖分子拥有武器,他们正在北非给奥萨马·本·拉登做铺垫。他们想要控制地中海,接着他们还要攻打欧洲。"

卡扎菲还说,如果自己丢掉政权,恐怖分子将控制整个地区,他敦促布莱尔"向国际社会解释"。卡扎菲说:"我们没有跟他们作战,是他们在攻击我们。事情很简单,有一个叫作北非基地组织的集团在北非部署了据点。利比亚的这些据点和'9·11'之前美国的那些据点很相似。"

通话的最后,布莱尔告诉卡扎菲说,他会联络自己在欧洲和美国的人脉。布莱尔还说,会打电话回来。

到了下午 3 点 45 分,布莱尔又向卡扎菲拨通了电话。这时候的卡扎菲情绪激动,他强烈要求布莱尔亲自过来看一看真相,卡扎菲还反复问他是不是"曾经支持过"基地组织等恐怖组织。

然而,布莱尔却回应说:"如果你有个安全的地方,你就应该去那里。否则，这件事情不可能平静收场。你必须离开这个国家。"卡扎菲对此并不买账，说布莱尔的提议简直就是"殖民"，他明确表示，将率领自己的人民武装起来，应对任何外国入侵。卡扎菲说："这里没有血战，非常安静。但是如果你想要入侵利比亚，我们已经做好了战斗的准备。情况和伊拉克差不多。"

接着，布莱尔也强硬回应了卡扎菲，说局势在几天之内就会进入"无可挽回"的境地，这已经是卡扎菲"和平解决问题的最后机会了"。布莱尔说："暴力需要停止，新宪法需要成形。"卡扎菲接着反问布莱尔："你支持基地组织吗？你这是在支持恐怖主义吗?"到了最后，随着卡扎菲的一句"别招惹我们"，这次通话不欢而散。

短短三周之后，北约就对利比亚发起了进攻，卡扎菲随即垮台，并于当年10月丧生。

再后来就是"伊斯兰国"趁乱做大，直到现在，利比亚还是满目疮痍，各地军阀割据，暴乱频发。

一代枭雄卡扎菲的预言成真，但他已经死了。

西方国家干掉了卡扎菲，换来的是自己的大使被杀，极端势力渗透欧洲大陆的局面。

民兵们得到了前所未有的权力，但等待他们的是无止境的纷争和对利益的抢夺。

老百姓革命为的是过上民主自由的生活，但盼来的却是极端武装势力割据,人人自危的局面。

在这片被战火蹂躏的土地上,赢的人都输了,所有人的期望都落空了。

利比亚的命运决定于一场合谋。当时的那些声音——卡扎菲、赛义夫、易卜拉欣们的声音哪怕再响亮、再真切,也像是被按了静音键一样,没人听得见。事实在西方主流媒体手中仅仅是一段可供利用的素材,他们随意删减事实,按照自己的意图将事实捏成想要的形状,再传递给世界。不管愿不愿意,我们记者也成了这场合谋的一个部分,哪怕你再努力,那些经过加工后的细碎片段对改变这场合谋而言也不值一提。

主流媒体不关心的,人们就看不见。在中东,人们看不见事情的来龙去脉,看不见遭战争碾压的人们是多么渴望和平,看不见那个为卡扎菲效命的救金鱼的孩子,看不见将史蒂文森送去医院、将遗体送上飞机的利比亚人。看见的只有烧杀抢掠的片段、死伤的人数和自杀式炸弹;看见的只有西方对穆斯林怀有的深深敌意,西方人心中穆斯林等于恐怖分子的观念。

而这就是现在整个中东所遭遇的现实:一个被按了静音键而遭遇深重误解的世界。

图书在版编目（CIP）数据

生死 96 小时：中国女记者利比亚突围记 / 冯韵娴著.
—杭州：浙江大学出版社，2019.3（2019.3 重印）
ISBN 978-7-308-18974-3

Ⅰ.①生… Ⅱ.①冯… Ⅲ.①纪实文学—中国—当代
Ⅳ.①I25

中国版本图书馆 CIP 数据核字（2019）第 026106 号

生死 96 小时——中国女记者利比亚突围记
冯韵娴 著

策　　划	北京即刻知识科技有限公司·布克加
策划编辑	程一帆　叶　赞
责任编辑	顾　翔
封面设计	VIOLET
出版发行	浙江大学出版社
	（杭州市天目山路 148 号　邮政编码 310007）
	（网址：http://www.zjupress.com）
排　　版	杭州中大图文设计有限公司
印　　刷	杭州钱江彩色印务有限公司
开　　本	880mm×1230mm　1/32
印　　张	7.75
插　　页	8
字　　数	157 千
版 印 次	2019 年 3 月第 1 版　2019 年 3 月第 2 次印刷
书　　号	ISBN 978-7-308-18974-3
定　　价	48.00 元
